今日も町の隅で

小野寺史宜

角川文庫
23548

目次

梅雨明けヤジオ

小五女子。野球は好きじゃない。

なのに野球場にいる。

きちんとした野球場だ。いつもはプロチームがつかう。

今は高校生たちが試合をしてる。夏の大会の県予選。優勝すると、甲子園《こうしえん》に行けるのだ。

四回戦。勝てばベスト16らしい。16なら。ベストという言葉をつかうのはまだ早いような気がする。ベスト4とか、せめてベスト8。そのくらいからでいい。でも長野《ながの》くんに言わせれば。予選には百五十校以上が参加するから、ベスト16でも、いや、何なら、今のベスト32でも立派なのだそうだ。だったら、まあ、ベストをつかってもいい。

いつも一回戦か、よくても二回戦で負けてた県立みつば高が四回戦に進むのは初めてだという。だからちょっと話題になってはいたのだ。わたしだけじゃなく、お母さんもお父さんも野球に興味がない島家《しまや》でも。

「みっ高、何で急に強くなったの？」と、右隣の長野くんに尋ねる。

「ピッチャーがいいんだよ。酒井《さかい》。エースで四番。みっ高もそんなには打てないけど、相手にもそんなに打たれない。でも今日の相手は強いらしいよ。優勝も狙えるとこみたい」

「ふぅん」

　実際、みっ高は〇対三で負けてる。ピッチャー酒井さんは一回から打たれたし、みっ高のバッターは全然打てない。野球のことは何も知らないわたしでさえ、これじゃ勝てないだろうな、と早くも思ってる。

　応援席にいるブラスバンドの演奏からして、もうちがうのだ。向こうのは、何ていうか、音に芯《しん》がある。整ってる。それにくらべると、みっ高のブラスバンドの演奏は薄っぺらく聞こえる。

　夏休みの初日。スタンドはそんなに埋まってない。内野席の入りは半分くらい。外野席は開放されてもいない。この段階だと、対戦する二校に縁がある人しか観に来ないのかもしれない。でなきゃ、雨予報だからこうなのか。現に空は曇ってる。梅雨は明けたはずなのに。

　みっ高が、四点めをとられた。守ってる人が、エラーをしたのだ。

　長野くんとわたしの前の列に座る男の人が、地元プロチームのメガホンで手のひらをパンパン叩《たた》きながら、大声を上げる。

「おい、何やってんだよ！　それ捕れないって何だよ！　練習してんのかよ！」

見た感じ、大学生ぐらい。初めからその調子。本人は選手たちを励ましてるつもりかもしれないが、ヤジにしか聞こえない。言い方が、かなりキツい。

「四点差かぁ」と長野くんも言う。「満塁ホームランを打っても、まだ同点だよ」

よくわからない。勝てそうもない、ということだろう。

今さらながら、訊《き》いてみる。

「野球、好きなの？」

「好きだけど、サッカーほどではないかな」

「じゃあ、今日は何で？」

「地元の学校が勝ち進むと、やっぱ応援したくなるじゃん」

「地元って。来たばかりじゃない」

「来たばかりでも。住めばそこが地元でしょ」

住めば都、ではなくて。住めば地元。当たり前。長野くんは四月によそから転校してきた。住んでまだ四ヵ月弱。わたしなら、それでみつばを地元とは言わないと思う。

長野昇人《しょうと》くん。わたしが今ここにいるのは、この長野くんに誘われたからだ。

二週間くらい前に一度、長野くんはウチに来た。

午後六時すぎに、ウィンウォーンとインタホンのチャイムが鳴った。お母さんが出た。わたしは二階にある自分の部屋にいた。呼ばれはしなかった。呼ばなくていいです、と長野くんが言ったらしい。

長野くんは一人だった。友だちが一緒ではない。そうしなさいと先生に言われたわけでもない。それなのに、クラスの女子の家を一人で訪ねてきた。勇気がある、のではない。無神経なのだ。

たぶん、ぼくのせいです。と長野くんはわたしのお母さんに言った。そして、すいません、と頭を下げた。わたし自身、お母さんにきちんと説明してはいなかったのに、その説明を、勝手にしてしまった。無神経な、バカ男子だ。

長野くんていう子が謝りに来てくれたよ、とお母さんはあとでわたしに言った。喜んでることが、その話しぶりでわかった。わたしのことを相談しに行った学校から帰ってきたときよりは、ずっと明るかった。

で、昨日。

長野くんは再びウチにやってきた。またお母さんが出た。今度はわたしも呼ばれた。いやだったけど、玄関に出ていった。実はすごく迷った。出ていかないことも考えた。それはちょっとキツいな、と思った。わざわざ会いに来てくれた人を、追い返すのだ。結局、わたしはやりいいほうを選んだ。会わずに追い返すよりは、出てしまうほうを。

ただ、ムスッとはしてたはずだ。何？　とだけ言った。

そこで、長野くんに言われたのだ。もう夏休みだから、明日《あした》、みっ高の試合を観に行こうよ。

は？　と言ってしまった。ねぇ、バカなの？　と言いそうになった。

お母さんも驚いてた。それはそうだろう。自分の目の前で、小五の娘を、クラスメイトの男子が誘うんだから。

でもちょっと安心した。断ればいい話だからだ。わたしが断るまでもない。お母さんが断るだろう。そう思った。のだけど。

お母さんは言った。行ってきなさいよ、愛里《あいり》。

は？　と言ってしまった。ねぇ、断ってよ、と言いそうになった。

予想外の事態に、あたふたした。うまく対応できなかった。そこでもわたしはやりいほうを選んだ。行かないと断るよりは、まあ、いいけど、と言ってしまうほうを。

だから今、こんなことになってる。

もちろん、デートなんかじゃない。あとで振り返ったときに、自分の初デートがこれだと言うつもりはない。まったくない。初デートの場所が野球場であっていいわけがない。相手が長野くんであっていいわけがない。

もう夏休みだから、という長野くんの言葉が意外に利いた。ずっと学校に行ってないわたしに、夏休みは関係ない。ただ、ちょっとほっとしたことも事実。みんなが休み。わたしだけが行かないわけじゃない。自分一人が特別なことになってるわけじゃない。そうは思える。

みっ高が、また一点をとられた。またエラーでだ。三塁にいたランナーが、ホームベゴロを捕った人が一塁に投げた球が大きくそれた。

ースのところにゆっくり戻ってきた。

前列の男の人が、例によって大声を上げる。

「おいおい、どこ投げてんだよ！　味方の足を引っぱるなよ！　打てないなら、せめて守れよ！」

言い方がどんどんキツくなっていく。本気で怒ってるみたいに聞こえる。

「そんなんで勝てるわけねえよ！　勝ってきた相手に申し訳ねえよ！」

長野くんが、わたしに小声で言う。

「ヤジオだね」

何のことかと思うが、すぐに気づく。野次男《やじお》だ。ヤジばかり言ってるから、ヤジオ。

つい笑う。

一列後ろでそんなあだ名をつけられたことも知らずに、ヤジオはなおも言う。

「やる気がねえならコールドで負けちゃえよ！　やる気があるなら見せろよ！　頼むから、もっと勝つ気を見せろよ！」

うるさいなぁ、と思う。やる気があるのに負けることもあるのだ。勝つ気を見せたところでどうにもならないこともあるのだ。

四年生までは、何の問題もなかった。学校は楽しかった。不登校なんて、それこそ人ごとだった。

でも五年生になって、クラス替えがあった。担任は岡崎《おかざき》先生になった。四十代の女の先生だ。そして長野くんが転校してきた。

一学期の初日。始業式があったその日だけで、クラスがどうなるかは、何となくわかった。男子のリーダーは川本歩《かわもとあゆむ》くんで、女子のリーダーは飯田真衣《いいだまい》さん。二人を中心に動く。ほぼ全員がそう思ったと思う。受け入れたと思う。

それを乱したのが、長野くんだ。

一学期の二日め。岡崎先生はさっそく学級会を開いて、クラス委員を決めた。

クラスのリーダーイコールクラス委員、ではない。低学年のころはそうだったけど、去年あたりから感じが変わってきた。面倒なクラス委員なんてやるだけ損。私立中学に行こうとしてる子がやればいい。そんな空気になったのだ。

このクラスで言えば。やっぱり川本くんと飯田さん。二人は頭もいいし、私立にも行きそう。だからその二人がやってくれればいい。それがベスト。きれいにまとまる。で。

誰か委員長に立候補する人は？　と岡崎先生がみんなに訊いた。

はい。と手を挙げたのが、何と、長野くんだ。昨日、転校のあいさつをしたばかりの、長野くん。

さすがにみんな驚いた。岡崎先生も驚いた。

ぼく、やります。と長野くんは言った。やりたいです、ではなく、やります。

立候補は推薦よりも優先されるべきだ。にしても。

ほかには？　と岡崎先生は言った。

手は挙がらなかった。川本くんも飯田さんも、挙げなかった。推薦されてたら、二人ともやってたと思う。でも立候補するつもりはないのだ。それはカッコ悪いから。

長野くん、やる気があってとてもいいです。と岡崎先生はまずほめた。そして続けた。ただね、やるにしても、二学期からにしたらどう？　ほら、長野くんはまだ来たばかりでみんなのことをよく知らないし、みんなも長野くんのことをよく知らないから。一学期はみんなと勉強したり遊んだりして、二学期になったときにまた考えてみればいいんじゃないかな。先生はそう思うんだけど。

ぼくはすぐにやりたいです。と長野くんは言った。二学期になったら、もういいと思っちゃってるかもしれないし。

でもねぇ、ちょっと早すぎるような気がするんだけど。

もしぼくがダメだったら、途中で替えてください。それでいいです。

まあ、そこまで言うなら。と岡崎先生も折れるしかなかった。みんな、長野くんが委員長ということで、いいかな？

いいです。と川本くんが言った。そこで発言するあたりがリーダーだ。だったらまかせてみましょうよ、という感じ。リーダーのぼくはそれでいい、とみんなに知らしめる感じ。

じゃあ、委員長は長野くんということで。次に副委員長を決めます。

みつば東小の場合、クラス委員は二人。委員長と副委員長。委員長は男子で副委員長は女子と決められてるわけではない。女子も委員長になれる。実際になることは、あまりないけど。

誰かが飯田さんを推薦してすんなり決定。そんな流れになると思ってた。ならなかった。飯田さん自身が、何と、わたしを推薦したのだ。島さんがいいと思います、と。

別に悪気はなかったのだろう。わたしがよかったのではなく、誰でもよかったのだ。わたしは三年生のときに副委員長をやったことがある。飯田さんはそれを覚えてたのかもしれない。推薦する女子として、島愛里はちょうどよかったのだ。

それはまた、自分はやる気がないという、飯田さんの意思表示でもあった。わたしはかなり困った。飯田さんを推薦するわけにはいかない。それをしてしまうと、やり返した感じになる。険悪な空気になる。

投票でわたしが飯田さんに勝つことはないだろう。そうなれば、副委員長はやらなくてすむ。でもあとがツラい。飯田さんに恨まれるかもしれない。今回推薦されたくらいだから、どうせ二学期も推薦されるだろう。そこでは副委員長をやらされるだろう。だったら、今ここで抵抗することに意味はない。

誰かが飯田さんを推薦してくれるのを、わたしは待った。飯田さんでなくてもいい。誰かが誰かを推薦してくれるのを待った。もう手は挙がらなかった。挙げる必要はないのだ。挙げなければ、わたしに決まるのだし。

ほかに推薦者もいないようだから。と岡崎先生は言った。島さん、やってもらえる？いやです。絶対にやりません。と強く断る自分を想像しながら、わたしは力なく言った。じゃあ、やります。

二学期にクラス委員をやると、短い三学期もこのままで、ということになりかねないので、やるなら一学期にやってしまったほうがいい。そう自分に言い聞かせて、わたしは五年一組の副委員長になった。

そして、後悔した。

長野くんは、思った以上にダメな委員長だった。副委員長のわたしから見れば、ということだ。岡崎先生から見れば、最高の委員長だったかもしれない。初めは不安を覚えてたはずの先生も、すぐに長野くんを信用した。学期途中での交替なんて、考えもしなかったにちがいない。

長野くんは熱心だった。あまりにも熱心すぎた。岡崎先生の指示をクラスのみんなに忠実に伝え、守らせた。

例えば先生が職員室で長野くんに、静かに自習させなさい、と言う。すると長野くんが教室でみんなに、静かに自習してください、と言う。そして一言もしゃべらせない。例えば先生が長野くんに、掃除をサボらせないようにしなさい、と言う。すると長野くんがみんなに、掃除は絶対にサボらないでください、と言う。そして一人もサボらせない。そんな感じ。

長野くんは、副委員長のわたしにもそうすることを求めた。男子はおれが見るから、女子は島さんが見てよ、と言った。またそんなことを、みんなの前で言うのだ。よく言えば、裏表がない。悪く言えば、気が利かない。みんなは、気が利かない、をとった。あいつ何なの？ になった。島も何なの？ になった。

委員長が川本くんだったらなぁ、とわたしは何度思ったことだろう。川本くんなら、同じことをもっとうまくやってたはずだ。岡崎先生からの指示も聞いて。最低限のことだけをみんなに伝えて。先生には、みんなが言うことを聞いてくれなくて、と軽めに言って。みんなには、おれが先生に怒られちゃうからさ、と軽めに言って。そういうのを、本当に軽やかにやって。でも陰では舌を出して。

長野くんは、そんなふうに立ちまわることができなかった。はっきりと先生の側に立つのが委員長だと、そう思いこんでるみたいだった。

長野ウゼー、島ウゼー、という声があちこちから聞こえてくるのに時間はかからなかった。みんな、その言葉を隠さなくなった。男子だけでなく、女子までもが言うようになった。長野くんは知らん顔をしてた。まちがったことはしてないんだから気にすることないよ、とわたしには言った。それもまた、みんなの前で言うのだ。勘弁してほしかった。

上には岡崎先生と長野くん、下にはクラスのみんな。わたしは完全に板挟みになった。そうとらえてるのはわたしだけ、というところがまたツラかった。長野くんはわたしが女子をまとめられないことを不満に思ってるはずで、クラスのみんなはわたしを長野派と見てるはずだった。そして岡崎先生は。どうせ何も見えてない。

わたしは見事にきらわれた。幼稚園のころからずっと、みんなにきらわれないようにしてきたつもりなのに、あっさりきらわれた。巻きこまれてそうなることもある。自分の力ではどうにもならないこともある。そのことがショックだった。

六月の初め。学校のトイレに入ってたときに、飯田さんがほかの数人に言った。

まさか島さんがああなるとはね。推薦なんかしなきゃよかった。

わたしは個室から出られなくなった。飯田さんは、たぶん、わたしがそこにいるのを知ってて、わざとそう言った。気づかずに言ったように見せたのだ。そう見せたとわたしが思うことまで、計算してたかもしれない。

飯田さんたちは、次の授業の始まりを告げるチャイムが鳴り終わるころに、ようやくトイレから出ていった。

わたしは、すぐには出ていけなかった。五分ほど遅れて、教室に戻った。

もちろん、授業は始まってた。副委員長が何やってるの！　と岡崎先生に怒られた。

返事はしなかった。だって、トイレにいたとは言えない。まず、飯田さんに対して言えない。そして、女子だから、言えない。そういうことを察してくれないのが、岡崎先生だ。自分もかつては女子であったことを、もう忘れてるのかもしれない。

島さん、返事をしなさい！

それでもわたしは返事をしなかった。ではどうしたかと言うと。机につっぷして、泣いた。あーあ、やっちゃった、と思った。泣いてるのに、どこか冷静だった。外側からも内側からも、ひどく冷やされてる感じがした。

その次の日からだ。学校に行かなくなったのは。

「よしっ！　ナイスピッチ、酒井！」と前列でヤジオが声を上げる。

ピッチャー酒井さんがバッターを三振させて、みっ高がピンチを切りぬけたのだ。こちらのスタンドにいるみっ高生たちが同じく声を上げ、拍手をした。みっ高生だとわかるのは、制服を着てるからだ。

夏休みでも応援に行くときは制服を着るように、と言われてるのだろう。もしかしたら。先生がそう言ってるからみんな絶対に着ていけよ、と強く言うクラス委員がみっ高にもいるのかもしれない。

などとちょっといやなことを考えてたら。長野くんがいきなり言う。

「ごめん」

「ん？」

「おれが、何か、変な感じにしちゃって」

「変な感じ？」

「クラスを、というか、島さんを」

何も言えなかった。いいよ、と簡単に言ってしまえることではない。だからといって、ほんとにそうだよ、とも言えない。

たぶん、ぼくのせいです、と長野くんに言われたときのわたしのお母さんもこんな気持ちだったのかな、と思う。あのときも、いきなりだったはずだ。長野くんはいきなり訪ねてきて、いきなり謝った。

でもお母さんは、長野くんを責めなかった。だから長野くんは、こうしてわたしを野球場に誘った。一度めでお母さんに責められてたら、この二度めはなかっただろう。

「ほんと、ごめん」

「いいよ、別に」と言う。言ってしまう。「わたしが勝手に行かなくなっただけだし」

「でも原因をつくったのはおれだから」

「いいって」

初めてこう考える。原因をつくったのは、長野くんだろうか。

確かに長野くんはやり過ぎた。がさつといえばがさつだった。でも自分で言ったように、まちがったことはしてない。自習時間に静かにするのは当たり前のことだ。掃除をサボらないのも、当たり前のことだ。先生にじゃなく、同じ児童に注意されるから腹が立つというだけの話。勝手なのは、腹を立てる側だ。タバコのポイ捨てを注意されて、うるせえ、とキレるようなもの。そう見ることもできる。

「何で、委員長をやろうと思ったの？」と尋ねてみる。

「うーん」長野くんは考え、答になってないことを言う。「おれ、前んとこでは、長野じゃなかったんだよね。名字」

「じゃあ、何だったの？」

「コタニ。小さいに谷で、小谷。親が離婚したんだよ」

「あぁ。そうなんだ」

「うん。だから引っ越してきた。こっちが母ちゃんの地元だから」

地元。住めば地元。お母さんがみつばの出身なら、半分は地元だったわけだ。

「長野は母ちゃんの名字。えーと、旧姓ってやつ。まだそうなって四ヵ月だからさ、慣れそうで慣れないよ。長野って呼ばれても、すぐには気づけなかったりする。自分でも小谷って言いそうになるし」

こんなこと訊いちゃいけないよなぁ、と思いつつ、訊く。

「何で離婚しちゃったの？　お母さん」

「何でだろう。よくわかんない。隠してるわけじゃなくて、ほんとにわかんない。ほら、そういうことって、あんまり話してくんないから。でもケンカはよくしてたよ、離婚する一年ぐらい前から」

お母さんが長野くんを引きとったのなら。悪かったのはお父さん、なのだろうか。

「でさ、こっちではもう乱暴なことはしないでって、母ちゃんに言われたんだよね」

「してたの？　乱暴なこと」

「乱暴なことをしてたつもりはないんだけど。ケンカとかはよくしてた」

「ケンカって、口ゲンカとかじゃなくて？」

「殴り合いもしてたよ。前いた片見里《かたみざと》ってとこは、もろ田舎だからさ、そういうことがなくもなかったんだよね。まあ、だいたいは、殴り合ったらお互いすっきりするんだけど、なかにはすっきりしないやつもいて、そんなやつの親が学校に文句を言うの。で、おれの母ちゃんが謝りに行く」

「へぇ」とだけ言う。

それは乱暴だよ、と言いそうになるが、言わない。

「こっちは全然ちがうなぁ、と思ったよ。みんな、おとなしいよね」

「おとなしいかもしれないけど。いやな子もいるよ」

「それも思った。陰で何かされそうだなって。片見里では、そういうことはなかったんだけど」そして長野くんは言う。「で、とにかくさ。もう高学年だし、おれ、母ちゃんのためにも、何ていうか、いいやつになろうと決めたんだよね」

「いいやつ？」

「うん。勉強の成績はよくないから優等生にはなれないけど、委員長にならなれるかもって思った」

「それで立候補？」

「そう。推薦されんのは無理だけど、立候補はできるんだから、なれるじゃん」

一言で言えば、単純。もう一言足せば。高学年なのに、単純。

「ただ、これまで委員長なんてやったことないから、よくわかんなくてさ。とりあえず先生の言うことを守ればいいだろうと思ったんだよね。片見里では怒られてばっかいたけど、言うことを聞いとけば怒られないだろう、みんなにも言うことを聞かせれば絶対に怒られないだろうって。そしたら、何か、変な感じに」

「なったね」

「ほんとにわかんなくなったよ、どうすればいいやつになれるのか。で、そんなら自分がやるべきだと思うことをやろうっていうんで。島さんちに行って、謝った」

「ウチのお母さん、何て言った？」

「来てくれてありがとうって。こっちの親だから片見里以上にムチャクチャ言われるだろうと思ってたけど、全然そんなことなくて。ちょっと驚いた。説明がヘタすぎてちゃんと伝わってないのかとも思って、もう一回言ったよ。ぼくのせいですよって。そしたら、そんなことないよって言ってくれた。そんなことあるんだけど」

何だろう。何か、ほっとした。よかった、と思った。そこで長野くんを責め、叱りつける親じゃなくてよかった。長野くんに、こっちのお母さん、だと思われなくてよかった。

で、こうも思う。そう思ってるってことは、わたし自身、長野くんは悪くないと思ってるってことなんじゃないの？

考える。前列のヤジオの背中を見つめて。

空は曇ってるけど、そこは夏。暑い。ヤジオのTシャツにも、うっすらと汗がにじんでる。

その背中が動く。ヤジオがいきなり振り返る。

目がばっちり合う。初めて顔を見る。ヤジのキツさから、ちょっとこわそうなイメージがあったけど、そうでもない。普通。

ヤジオはわたしと長野くんを交互に見る。言う。

「君ら、カレシとカノジョ？」

「いえ」と長野くんが言い、

「ちがいます」とわたしが言う。

「じゃ、きょうだいか何か？」

「でもないです」と長野くん。

「クラスメイトです」とわたし。

「なら、やっぱカレシとカノジョでしょ」

「委員長と副委員長です」とわたしが説明する。「クラスの」

「あぁ。だとしても。やっぱデートじゃん」

ヤジオはどうしてもその方向に持っていきたいらしい。きちんと説明したらわかってもらえるだろうけど。長くなるから、きちんと説明はしない。する必要がない。

「みっ高の、関係者？」

「じゃないです」と長野くん。「地元なんで、応援に来ました。夏休みだし」

「おぉ。そういうことか。ここまで勝ち進むと、注目されるんだ」

「でも今日は、負けちゃいそうですね」

「勝つよ。と言いたいとこだけど、ちょっとキビしいな。打てないし、守れない。酒井一人じゃどうにもなんないよ。チームとしてちゃんと鍛えられたとこにはかなわない。君は、何、野球やってんの？」

「やってないです。好きは好きだけど」

でもサッカーのほうが好き、とは言わない。そのくらいの気は利くらしい。

「好きならやんなよ、中学からでも。野球は今サッカーに押されてっから、君ぐらいの子がじゃんじゃんやってくんないと。このままじゃ、いつまで経ってもアメリカに追いつけないよ」

「野球、やってたんですか？」と、長野くんが同じ質問をヤジオに返す。

「おれ？　やってたよ。みっ高でやってた。一応、OB」

そうか。身内だから、ヤジもあんなにキツかったのか。ヤジオも、もっと周りに気を配ればいいのに。あれじゃあ、ヤジオ自身が乱暴な人だと思われてしまう。

「そのときはどうだったんですか？　みっ高」と、長野くんがさらに訊く。

「全然ダメ。一回戦負け。二対八。コールド負けを免れるのが精一杯。酒井もまだ一年だったし」

「一緒に、やってたんですね」

「ああ。おれが三年になったとき、酒井が一年で入ってきた。おかげで試合に出られなくなったよ。それまではちょこちょこ投げてたんだけど」

「ピッチャーだったんですか？」

「そう。控えピッチャー。といっても、左投げってことで、結構出番はあったんだ。コントロールが悪くて、投げるたびにフォアボールを連発してたけど。でも酒井が入ってからは、もう全然。まあ、あいつは段ちがいだったからな、あきらめもついたよ」

　部活をやれば、そういうこともあるのだろう。しかたないことはしかたない。でも、複雑な気持ちにはなるだろうな。今の三年生が、五年生のわたしの上をいっちゃうってことだから。

「今年は酒井が三年。期待してたんだけどな。もしかしたら準々決勝ぐらいまでいけるんじゃないかって。甘かった。一人じゃ限界があるよ」

「これから逆転するかも」と長野くんが言う。

「あぁ。そうだな。OBがこんなこと言ってちゃダメだ。応援すっか」とヤジオが笑う。

「君らも頼むよ。委員長と副委員長で、応援してやってよ。で、悪い。応援しながら、ちょっと荷物見てて」

　そしてヤジオは席を離れ、トイレかどこかへ行ってしまう。赤いリュックが青いイスに残される。

「ヤジオ、いいやつじゃん」と長野くんが上から目線で言い、

「ちょっとあぶない人かと思ってた」とわたしが言う。

「あぁ。一人で来てあのヤジは、確かにちょっとあぶないかも」

「長野くんほどじゃないけどね」

「え？　おれ、あぶない？」

「あぶなくない人は、転校してきていきなり立候補とかしないよ」

「うーん」

ヤジオは五分くらいで戻ってきた。本当にいい人であることが、判明した。何と、長野くんとわたしに紙カップのコーラを買ってきてくれたのだ。

「ほら、飲んで。カロリーゼロのやつにしたから、女子も平気でしょ」

「やった！」と長野くんが言い、

「いいんですか？」とわたしが言う。

「いいよ」とヤジオは照れくさそうに笑う。「もしかしたら、君らも将来みっ高の後輩になるかもしんないし」

「あ、ぼくはたぶんならないです。頭、悪いから。島さんは、なるかもしんないけど」

「だいじょうぶ。みっ高なら、ちょっとがんばれば入れるよ。おれもそうだったたし。西高とか東高となると、相当がんばんなきゃいけないけど」

そんなことを言うヤジオは、もうちっともあぶなくなかった。

いただきますを言って、わたしたちはコーラを飲んだ。わたしはチビチビ。長野くんはゴクゴク。

それからみっ高は、やっと反撃した。バッターとして登場した酒井さんが二塁打を放ち、一点を返したのだ。

ヤジオは立ち上がって喜んだ。

「ナイス、酒井！　さすがエース！」

長野くんも立ち上がって声を出す。

「続け、続け！」

みっ高は続かなかった。次のバッターが三球で三振し、反撃はあっさり終わった。でも一点は入った。爪あとは、残した。

メガホンをパンパン叩いてたヤジオが、ズボンのポケットからスマホを取りだして耳に当てる。

「もしもし」「うん」「あぁ。聞こえる？」「今、球場」「試合観てた、ウチの」「そう。ヤジオになってた」

ん？

長野くんと顔を見合わせる。ヤジオ。さっきの話を聞かれてた？

「そうそう。いつもみたく、ヤジりまくり。一人なのに。ちょっとあぶないやつと思われてるかも」

セーフ。聞かれたわけではないらしい。

「そんなことより。どうした？」「生まれた？　マジで？」「やったじゃん！　おめでとう！」「男だよな？」「今さら女ってことないか」「そうかぁ。体は平気？」「ならよかった」「だろうなぁ。男には耐えられない痛みだって言うもんな。おれは絶対無理だわ。ビビりだし」「がんばった。ほめるしかないよ」「とにかくよかった。おめでとう。今度会わしてよ、落ちついたら」「ゆっくり休みな」「じゃあ」

ヤジオが電話を切る。スマホをポケットに戻し、ふところちらを見る。

「知り合いに子どもが生まれてさ。報告の電話」

「スゲえ」と長野くん。「いいなぁ。夏休みの初日が誕生日」

「いや、微妙だよ」とヤジオ。「学校で祝ってもらえない」

その言葉が、微妙にチクリとくる。今のわたしや長野くんの誕生日は、たとえ学期中でも、誰からも祝ってもらえないだろう。

でも、まあ。

長野くんの誕生日をわたしが祝ってあげることくらいはできる。そしたら長野くんも、祝ってくれるかもしれない。充分か、それで。

「もう少し言っちゃうと。みっ高野球部のマネージャーだった子なんだよ。おれの代の。結構仲よくてさ。酒井が入ってきたあとも、出番がなくなったおれをずっと励ましてくれてたの。ほんと、いいやつだよ。というか、いい女子」

「生まれたよって、教えてくれたんですか？」とわたしが尋ねる。

「うん。生まれたら教えてくれって、こっちから頼んだんだけど。生まれたのは三時間ぐらい前らしいよ。産んだあと、二時間は休まなきゃいけなかったみたいで」

でも、休んだあとすぐに電話をかけてくれたわけだ。高校で部が一緒だっただけの人に。いや。だけの人でもないのかな。

同じことを考えたのか、長野くんがしれっと訊く。

「元カノジョとか、そういう人ですか？」

「ちがうちがう。そんなんじゃないよ。ただの元マネージャーと元部員。おれだけじゃなく、ほかのやつらにも電話してるはず」

ヤジオと同い歳ということは、二十歳だろう。今二十歳なら、妊娠したのは十九歳のときか。早い。わたしで言えば、あと八年後だ。

「いやぁ、マジでよかったよ。あいつも子どもも無事だっていうから。ほんと、よかった」

ヤジオはそのマネージャーのことが好きだったのかもな、と思う。今でも好きなのかもな、とも思う。

その人は、本当にいいやつなのだろう。いい女子なのだろう。だからそこまで気にかけてもらえるのだ。ちょっとうらやましい。高校の野球部員とマネージャーでそうなら、例えば小学校の委員長と副委員長でそうなることもあるんだろうか。長野くんとわたしがいずれそうなるようなことも、あるんだろうか。

まさかね。

近くにある雲がゆっくりと動き、遠くにある雲とのすき間から陽が射す。すき間からだが、光は強い。

夏休みはまだ始まったばかり。あと四十日以上ある。九月一日には、学校に出ていけるかもしれない。まだ出ていくと決めはしないけど。長野くんに言いもしないけど。

代わりにこんなことを言う。

「こっちでもケンカとか、すればいいのに」

「え？」

「いいやつになるためのケンカなら、すればいいのに」

「あぁ。うん。島さんがしろって言うなら、するよ」そして長野くんは言う。「なんてね」

小五女子。野球は好きじゃない。

なのに野球場にいる。

来てよかったと思う。

ヤジオの名前くらいは、記念に聞いておこうと思う。

逆にタワー

　JRの浜松町《はままつちょう》駅から出ると、いきなり東京タワーが見えた。何というか、見えてしまった。もうちょっとじらしてくれてもよかったのに。

　上条乃衣《かみじょうのい》と二人、タワーに向かって歩く。電車に乗っているときからそうだったが、あまりうまく話せない。学校にいるときのような軽い感じでは。初デートだから無理もない。かなり緊張している。

　だからさっき、浜松町、も噛《か》んだ。ハママッチョウ、なら略したみたいで様にもなったはずだが、ハマママツチョウ、と妙な早口で言ってしまった。イタい。

　中三の六月に初デート。ぼくにしてはがんばった。といっても、実際にはほとんどがんばってない。不幸中の幸いというか、結果オーライの偶然に近い。

　先月の昼休み。ぼくはクラスメイトにしてバンド仲間の星野尽互《ほしのじんご》から降格通告を受けた。

　A組への遠征からC組に戻った尽互は、空《あ》いていたぼくの前の席にどさりと座って、言った。

「悠太《ゆうた》、喜べ。何と、快晴《かいせい》がウチのバンドに入ることになった」

喜ばずに驚いた。快晴は学年一、いや、学校一ギターがうまいのだ。そんなギタリストがバンドに加入。喜ぶべきことではある。でも喜べない。驚くだけ。

何故か。

ぼくもギタリストだからだ。

「じゃあ、どうすんの？」と尽互に尋ねた。

「何が？」

「いや、おれ。ギター」

「あぁ。サイドでいいじゃん」

「いいじゃんて」

「だって、お前、快晴がサイドってわけにいかないだろ」

「いかないけど」

「ギターが二人なら、ベースがいなくても音を厚くできるし」

「快晴、学校ではバンドはやらないんじゃなかったっけ」

「気が変わったみたいだな。ほら、高校生と組んでたバンドが解散したから」

気が変わったことは確かだろうが、尽互が密《ひそ》かに快晴を誘いつづけていたことも確かだ。尽互は決して悪いやつではない。が、時々そんなふうに、裏で動く。

というわけで、ぼくの、リードギターからサイドギターへの降格が決まった。快晴に出てこられたら、ひとたまりもない。ぼくなんかでは、とても太刀打ちできない。

快晴はスターだ。クラシックギターもうまい。好きなバンドは、ピンク・フロイド。聴いてみたが、すごいと思っただけで、理解はできなかった。理解できるんだから快晴はすごい、と思った。青山《あおやま》快晴。青に始まり青に終わる名前からしてカッコいい。青山というのもズルい。イメージがいい。ぼくも、六本木《ろっぽんぎ》悠太とか代官山《だいかんやま》悠太とか、そんなならよかったのに。

小学生のとき、ぼくは地域のクラブ、みつばFCでサッカーをやっていた。ポジションはディフェンダー。左足なんてロクにつかえないのに、左サイドバックだった。チームには、高尾《たかお》くんという、ムチャクチャうまいフォワードがいた。控えだったぼくは、練習でもその高尾くんにズタボロにやられた。高尾くんにしてみれば、ぼくは透明人間も同じだった。高尾くんはただドリブルするだけで、ぼくを抜くことができた。ただトラップするだけで、ぼくをかわすこともできた。練習場に来た母や妹にそんな姿を見られるのがいやで、ぼくはクラブをやめた。

中学でも、サッカー部には入らなかった。ボールは置き、ギターを手にした。快晴の影響でだ。

一年のときの文化祭で、快晴は早くも体育館のステージに立った。ギタリストとして、三年のバンドに引っぱられたのだ。そのライヴを観た。快晴はカッコよかった。本当に、うまかった。一人、輝いていた。快晴が放つギターの音にだけ、音楽があった。ギターしかない。そう思った。

ギターはいわば個人種目、レギュラーも控えもない。そうも思っていた。まさかこうなるとは。

去年、クラスが同じになった尽互とバンドを組んだ。一緒にカラオケをしたことがあるので、尽互がうまくうたえることは知っていた。そんな尽互に、悠太はギターやってんだからバンド組もうぜ、と言われた。認められたようで、うれしかった。

KAZ・MARSのコピーバンド、ジンゴ・スターが誕生した。言うまでもなく、元ビートルズのリンゴ・スターからきている。ジンゴは尽互、スターは星野の星だ。尽互が自分でその名に決めた。反対はしなかった。尽互は女子からの人気も高い。バンドにもいろいろいいことがあるはずだった。結局、いいことは尽互自身にしかなかったけど。

ジンゴ・スターには、今、ベースがいない。三月までは中沢弘樹《なかざわひろき》がいた。が、父親の転勤で仙台《せんだい》に引っ越してしまったのだ。だから四月以降は三人だけ。ヴォーカルの尽互とギターのぼくとドラムの厚木駿也《あつぎしゅんや》。三クラスしかない第三学年に、もうベーシストはいない。

ぼくにサイドギターへの降格を告げた尽互は、再び、意気揚々と遠征に出かけていった。さっきは快晴がいるA組。今度は塚田《つかだ》さやかがいるB組。

さやかは尽互のカノジョだ。四月から付き合っている。人前でも普通に女子とイチャイチャできるから尽互はすごい。ぼくなんかは、人前でどころか、人がいなくてもできないのに。デートに来ていながら、できないのに。

で、そう。上条乃衣だ。

尽互が再遠征に出たあと、隣の席の乃衣がぼくに言った。

「水谷《みずたに》くん、ピーンチ！」

つい笑った。

三年に上がって、席が隣になった。でも乃衣とは、ほとんどしゃべったことがなかった。だから、ちょっと意外だった。

「聞いた？」と訊いた。

「ごめん。聞こえちゃった」

「おれ、カッコわる」

「ライヴ、やるの？」

「うん。文化祭」

「九月かぁ。楽しみだね」

「そうでもないよ」

「何で？」

「だって、サイドギターになっちゃったし」

「いいじゃない、そんなの。バンドをやめるわけじゃないんだから」

そう言われると、何も言えなかった。そうじゃない、ちがうんだよ、女子。とは言えない。言ったところで、男子のつまらないプライド、と見られて終わりだろう。

それをきっかけに、乃衣とよく話をするようになった。バンドのこと。受験のこと。結構あれこれ話した。

そしてぼくは、思いきった。無様な降格のことまで知られたんだからもういいや、とばかりに思いきった。半ばヤケ気味に、乃衣をデートに誘ったのだ。

予想外。

「いいよ」と乃衣は言ってくれた。

動いてみるもんだ。言ってみるもんだ。

ただし、こんな言葉がついてきた。

「わたし、転校しちゃうんだけど、それでもいい？」

一学期が終わって夏休みに入ったら、乃衣はすぐに引っ越してしまうらしい。引っ越し先は他県。片見里市。名前も知らなかった。かなりの田舎町だという。引っ越しの理由までは聞いてない。乃衣自身、言わない。あまりいいことではないのだろうと、何となく想像はできる。

だから、九月にある文化祭ライヴを乃衣は観れない。今日のこの初デートが最後のデートになる可能性は高い。というか、その可能性しかない。それでいいのかもしれない。そう見せたくもない。リードギターの座から引きずり下ろされた自分の姿を。

東京タワーには、十五分ほどで着いた。

混んでいる。たまたまなのか何なのか、修学旅行の団体客でごった返している。制服を着た高校生たちがたくさんいる。学校のジャージを着た中学生たちもいる。もちろん、大人の一般客もいる。そのほとんどが歳をとった人たちだ。多いのは、十代と、六十代以降。二十代から五十代までがすっぽり抜けた感じだ。平日だから空《す》いてるだろうと思ったのに、あてが外れた。

初デートの日にちはいつにしようか、と考えたとき、まさにうってつけの日があることに気づいた。それが今日、開校記念日だ。平日だが、学校は休み。よそは休みじゃない。みつば北中だけが休み。ベスト。

行く場所は、東京スカイツリーとどちらにしようか迷った。スカイツリーは平日でもまだ混んでると聞いた。ならばと、東京タワーを選んだ。意外にも、これまで一度も行ったことがなかったのだ。乃衣もそうだと言った。だからこちらにした。

とはいえ。スカイツリーが混んでなくても、たぶん、タワーを選んでいた。スカイツリーは、何というか、華やかすぎる。メジャーな感じがする。快晴や尽互の匂い、つまりスターの匂いがする。

現に尽互は、ゴールデンウィークにさやかと行ってきたという。死ぬほどうまいチーズケーキを二人で食べたという。そう聞くだけで、気後れしてしまう。ぼくはいつもそんなだ。陽が当たる場所を、何となく避けてしまう。居心地が悪いと感じてしまう。スカイツリーならタワーに、となってしまう。

そんな東京タワーでさえ、特別展望台まで上ると、千円。ちょっと高いな、と思う。でも今日はそんなところでケチケチしない。映画を一本観たと思えばいいのだ。

チケット売場で券を買おうとしたら。後ろから乃衣に袖《そで》を引っぱられた。半袖Tシャツの袖をだ。

「水谷くん、ごめん。わたし、いい」

「え？」

「上るのやめとく」

「何で？」

「ちょっと無理っぽい」

「お金だったら、おれが」

「ううん。ちがうの。そういうことじゃないの」

「じゃあ、どういうこと？」

「ごめん。だいじょうぶだと思ったんだけど、やっぱり無理みたい」

答になってない。が、いやなものを無理強いするわけにもいかない。

「えーと、じゃあ、やめとく？」

「ごめん。ほんと、ごめん」

「いや、いいけど」

よくはない。でも、いい。いいけど、何かよくない。

「もしあれなら、水谷くん、一人で行ってきて。わたしはここで待ってるから」

「いや、それは一番無理でしょ。いいよ、おれも行かない」

おかしなことになった。東京タワーに来た。上らない。何それ。

さすがにこれで帰るわけにはいかないので、タワーの足もとにあるフットタウンを見てまわることにした。五階建て。水族館なんかが入っている、タワー感はまるでない施設だ。

タダで見てまわれるのは、おみやげ屋さんぐらいしかなかった。屋上にも行ってみたが、子ども向けの遊具がいくつかあるだけで、人はほとんどいない。全体的に、冴《さ》えない感じだ。炭酸が抜けた炭酸飲料。抜けたあとに残る甘ったるさもない。そんな具合。

しかたなく、おみやげ屋さんがある二階に戻り、フードコートでお昼を食べた。午前十一時半。早めのお昼だ。学校なら、まだ四時間目が始まってもいない。

乃衣もぼくも、ハンバーガーにした。ぼくと同じで、乃衣もハンバーガーが好きであることがわかった。まあ、たいていの中学生は好きだけど。

残念なことに、乃衣はぼくにおごらせてはくれなかった。

「おごるよ」とカッコをつけて言ったのだが。

「いいよ」とあっさり言われた。

「え、いいの？」

「何でおごるのよ」

そう言われると、やはり何も言えなかった。いや、だって、女子にはおごるでしょ。とは言えない。言ったところで、男子のつまらないプライド、と見られて終わりだろう。

二人、向かい合ってテーブル席に座り、ハンバーガーを食べる。一応、東京タワーで食べたことにはなるよな、と思う。

「今日はお休み？」と不意に言われる。隣のテーブルでラーメンを食べていた、団体客のおばあちゃんにだ。

「え？　いや、あの」とぼくがあせっていたら。

「開校記念日でお休みです」と乃衣が淀《よど》みなく答えた。

「そう」とおばあちゃんは笑顔でうなずく。そしてラーメンに戻る。

乃衣がいてくれてよかった。ぼくもハンバーガーに戻る。

給食のときも、乃衣と向かい合って食べている。なのに今日は感じがちがう。汚い食べ方はできないぞ、と思う。そう思うだけで、動きがぎこちなくなる。パンくずをこぼさないようにしなければ。鼻の頭にソースをつけないようにしなければ。

結果、こう言われる。

「水谷くん、すごく慎重にハンバーガー食べるね」

慎重。ほめ言葉ではない。中三男子にとっては。またロックミュージシャンにとっても。

せっかくのデート。二人でランチ。何かないかと話題を探す。ない。こういうことは言わないほうがいいんだよなぁ、と思いつつ、言ってしまう。

「ほんとは、今日、来たくなかったよね？」

ハンバーガーを食べる乃衣の手が止まる。パンくずがこぼれる。鼻の頭にソースがつく。乃衣はパンくずを拾い、トレーに載せる。紙ナプキンで鼻の頭を拭《ふ》く。

「さっきも言ったけど。ちがうの。そうじゃないの。わたし、水谷くんとこうやって一緒に出かけられて、すごくうれしい。転校するまでにこんなことできないと思ってたから、ほんとにうれしいの」

予想以上の強い否定に、ちょっとたじろぐ。そんなことないよ、と言ってくれる程度でよかったのに。それさえ聞ければ充分、と思っていたのに。

「でも、そうだよね。そう思っちゃうよね。東京タワーに来たのに、展望台に上らないなんて言ったら」

「いや、それは」

「ごめん。きちんと話す」

乃衣はアイスティーを一口飲んで、話す。

「デパートのエレベーターで、痴漢に遭ったことがあるの」

「え？」

「痴漢。体に触ってきたりする人」

「あぁ」

「朝の電車とかでっていうのは、よく聞くでしょ？　でもデパートのエレベーターでそんなことされるとは思わなかった。休みの日で、人がたくさん乗ってたのね。何かお尻がモゾモゾするなぁ、と思って、後ろを見たの。そしたら、おじさんがいた。帽子を深くかぶった、四十歳ぐらいの人」

「触ってたの？」

乃衣がうなずく。

「別行動してたお母さんのとこに行こうとしてたの。だから一人だった。その人も、わたしが一人ってことは、わかってたと思う。最初は、知らんぷりしてた」

「上条が？」

「じゃなくて、その人が。それでも触ってくるから、わたしが体をちょっと前に引いたら、見下ろして、笑った」

「周りの人たちは？」

「見てなかった。その人は後ろの壁沿いにいて、わたしはすぐ前にいたから」

「声とかも、出さなかったんだ？」

「出せなかった。あまりに驚いちゃって。恥ずかしくて。でね、わたしが我慢すればすむんだって思ったの。実際そんな目に遭うと、そう思っちゃうの」

その人、いや、そいつも、それがわかっていて、そうしたのかもしれない。デパートなら誰も警戒しないだろうと見こんで。

は。

「それからわたし、人混みとかエレベーターとかがこわくなっちゃって」

人混みプラスエレベーター。そんなところへ乃衣を連れていこうとしたわけだ、ぼくは。

「でも今日は水谷くんと一緒だし、もしかしたらだいじょうぶかと思ったんだけど、やっぱりダメだった。修学旅行の高校生たちはそんなことしないって、わかってるのに」

「ごめん」と謝る。「おれのほうこそ、ごめん。知らなかったから。って、知らなくて当然だよね。上条がそんなこと言う必要はないんだし。でもごめん。いやなことを言わせちゃって」

「それはいいの。わたしも、話せてすっきりした。初めて話したのが水谷くんでよかった」

今日のプランを立てるとき、東京スカイツリーと東京タワーならどっちがいい？　とぼくは訊いた。どっちでもいいよ、と乃衣は答えた。どっちでもよくはなかった。本当は、どっちもいやだった。どっちもいやだから、結局は、どっちでもいい、になったのだ。気づけよ、バカ悠太。

じゃあ、逆に東京タワーにしようよ。と、気づけないバカ悠太は抜け抜けと言った。普通はみんなスカイツリーに行きたがるだろうから逆に、だ。スカイツリーにしていたら、展望台には上らなくても、見るべきところはたくさんあったろう。レストランだって、たくさんあったろう。東京スカイツリータウンとか、東京ソラマチとか、よく聞くし。

それが。おみやげ屋さんにフードコートって。

逆に作戦、失敗。

正午を過ぎ、フードコートがちょっと混んできたので、ぼくは言う。

「映画でも観る？」

「何かやってる？」

「えーと、ナギサンとか。『渚《なぎさ》のサンドバッグ』。ほら、鷲見翔平《わしみしようへい》が出てるやつ」

マンガを実写化した邦画だ。ボクシング部に入る羽目になった大学生の話。

「尽互が観たって言ってた。おもしろいらしいよ」

「観たいけど。お金を出してまではいいかな。引っ越しのときにあれこれ買ったりしなきゃいけないから、できればお金つかいたくないし」

「何なら」と言ったところで、口を閉じる。

乃衣がハンバーガーをおごらせてくれなかったことを思いだしたからだ。あぶないあぶない。たかだか三十分前にやったミスを、またくり返すところだ。

「とにかく、出ようか。混んできたし」

出る。考える。展望台、ダメ。映画、ダメ。あとは何がある？　女子とゲーセンはなしだろう。今食べたばかりですぐにスイーツもなしだろう。

八方ふさがりになったまま、ついに東京タワーも出る。おかしい。ほら、スカイツリーも見えるよ、とか、みつばはあっちかなぁ、とか言うはずだったのに、ちょっと重い乃衣の秘密を聞くだけになった。いや、でも。普通、聞けないか。女子の秘密。

大きなお寺のわきを通って、大通りに出る。いい案は出ない。寄道できそうな場所は知らない。何せ、土地鑑がない。ぼくは生まれ育った埋立地のみつばしか知らない。そこからほとんど出たことがない。東京のことなんて何も知らない。

でも。まだ午後一時前。このまま帰りたくない。東京タワーの二階でハンバーガーを食べただけ。これで帰ってしまっては、あまりにも悲しい。

横断歩道を、浜松町の駅側に渡る。苦しまぎれに、こんな言葉が出る。

「この道、日比谷《ひびや》通りっていうんだけどさ、ここをずっと歩くと、東京駅のほうに行けるらしいんだよね。昨日、ついでにネットの地図で調べたんだ。調べたっていうか、見てたら、気づいた。へぇ、行けるんだなって」

乃衣がぼくの顔を見る。二人、横断歩道を渡りきる。立ち止まる。ぼくがではなく、乃衣が。

「歩くの、好き」

「え？」

「わたし、歩くの好き。いいよ、歩いても」

「いや、でも」自分が言っておいて尻ごみする。「距離は、結構あるよ。三キロ近くあるんじゃなかったかな」

「三キロって言われても、ぴんと来ない」

「えーと、体育の千五百メートル走二回分」

「そう言われると、もっとぴんと来ない。そっちは、走っちゃってるし」

「うーん。まあ、とにかく、長いのかな」

「歩けると思ったんでしょ？　昨日は」

「思ったけど。実際に歩くことまでは考えなかったというか」

「でも思ったんなら、歩こうよ。途中で、もう無理、になったら、電車に乗ればいいじゃない」

「そう都合よく駅があるかなぁ」

「右に曲がればどうにかなるでしょ。ここを歩けば東京駅のほうに行けるってことは、さっき乗ってきた山手線《やまのて》と並行してるってことなんだろうから」

「じゃあ、えーと、歩く？」

「歩く」そして乃衣は言う。「はい、スタート！」

二人、歩道を歩きだす。大変なことになったと思いつつ、ほっとする。

片側二車線の広い通りだから、歩道もわりと広い。それでいて歩行者は多くないから、歩きやすい。右側に緑地帯があり、高い木々が立っている。

六月。梅雨入りはしたが、晴れている。そんなには空気も湿ってない。暑いとまでは いかない。先に控える夏を感じられる程度に暖かい。歩くにはいい。たまにすれちがう人たちは、全員、大人。ぼくらくらいの歳の者は一人もいない。やはりサラリーマンぽい人が多い。クールビズとか何とかで、スーツ姿ではないが、くだけきった服装でもない。

ぼくの右を歩く乃衣が言う。

「さっきおばあちゃんに訊かれたじゃない。今日はお休み？　って」

「うん」

「わたしたちを見たら、普通、思うよね。学校は？　って」

「思うだろうね」

「もしお巡りさんに声をかけられたら、どうする？」

「開校記念日ですって、正直に答えればいいよ。さっきの上条みたいに」

「でも、証明できなくない？　生徒手帳とか、持ってる？」

「持ってないけど。みつば北中ですって言って、確認してもらえばいいんじゃないかな」

「本当に北中の生徒かはわからないよ。手帳がないんだから」

「よその学校の名前は知ってても、開校記念日までは知らないでしょ、普通」

「ズル賢い人なら調べておくかもしれない。例えば星野くんとかなら」

「え？」

「って、うそ。冗談」

「あぁ」と笑う。

冗談を言った本人は笑わない。

「いやなこと言っちゃった。今のなし」

「別にいやなことじゃないけど。いくら尽互でも、そこまではしないよ」

「そうだよね。そこまでズルくはないよね」

「いや、そうじゃなくて。ズルいけど賢くはないって意味」

乃衣は両手を胸の前で組み合わせ、空に向かって言う。

「とにかく今のなし。星野くん、ごめん。悪気はなかったの。ほんと、ごめん」

片側二車線が、いつの間にか三車線になっている。ビルらしいビルが増えてくる。そんなに高くはないが、一つ一つが大きい。どっしりしている。

歩きながら、乃衣の顔をチラッと見る。教室でいつも見ているのと同じ、横顔。でもいつもとはちがう。いつものように、笑顔に見える真顔ではあるが、やはりちがう。ともに歩いている。動きがある。揺れる。かわいいな、と思う。そう言いたくなる。言わずに、こんなことを言ってしまう。

「尽互のことが好きなのかと思ってたよ」

「どうして？」

「だって、尽互のことはみんな好きだから」

「みんなが星野くんを好きだから、わたしも星野くんを好きになるの？」

「そうじゃないけど」

「だったら青山くんのことも好きにならなきゃ。クラスはちがうけど、人気あるもんね。星野くんよりは無口でカッコいいし。ギターもうまいんでしょ？」

「うまいよ。ムチャクチャうまい。いやになるくらい、うまい」

「でも、みんなが好きだからわたしも好き、にはならないよ。自分が誰を好きになるかは、自分で決めたい」

「そう、だよね」

「まずさ、星野くんには塚田さんがいるじゃない。わたし、カノジョがいる人を好きにはならないよ」

塚田さやかは、そもそも快晴のことが好きだった。去年の十二月に告白してもいる。快晴があっさり断った。カノジョはいらないから、というのがその理由だ。ギター以外に割く時間はないから。それが真意だろうとぼくは思っている。快晴は、そんなだ。何よりも音楽が大事。ブレない。

で、簡単にブレるさやかは、今年の四月から尽互と付き合っている。そちらの告白は、あっさり成功したのだ。

「好きって、何なんだろうね」と乃衣が言う。

「ん？」

「わたしのお母さんも、初めはお父さんのこと好きだったはずなのに」

乃衣の顔を、またチラッと見る。乃衣は前を見ている。まじめな顔になっている。真顔は笑顔だから、真顔ではない。より真剣な顔になっている、ということだ。

「お父さん、もうずっと家に帰ってこなくなってた」

「あぁ。そうなんだ」と言う。そんなことしか言えない。

「それでね、離婚するの」

「そっか」

「ほんとはもういつしてもいいんだけど、わたしの一学期が終わるのを待つんだって。そしたらわたし、名字が変わる。上条じゃなくなる」

「何になるの？」

「イチノセ。お母さんの旧姓」

一ノ瀬、だそうだ。

「一ノ瀬乃衣」と言う。乃衣がではなく、ぼくが。「悪くないじゃん」

「そうかなぁ。の、が名字にも名前にも入るって、まどろっこしくない？」

「まどろっこしくないよ。字もちがうし」

「それは、思った。字が同じじゃなくてよかったって。どっちも乃衣の乃とか野原の野とかだったら、ちょっとどうだろうって感じだもんね」

ちょっとどうだろう、に同意するのも何なので、代わりに言う。まったくの思いつきで。

「でもお互いが好き合ってたことは、それでわかるじゃん」

「何？」

「その名前からわかるってこと」

乃衣がぼくを見て、首をかしげる。

「別れるなんて思ってなかったから、乃衣って名前をつけたんだよ。別れたら名字にも名前にも、の、がついちゃうな、とは考えなかったから。別れることは、まったく考えなかったから。それは、やっぱ好きだったたってことだよね」

何だそれ、と自分でも思う。何かずれてる。どんな理屈だよ。

「でもさ」と乃衣が反論する。「別れる可能性もあると思ってたから、カナじゃなく、漢字の乃衣にしたのかもよ。別れたらダブっちゃうな、と思って」

「いや、それは」

「なぁんて、冗談」

「あぁ」とまた笑う。

今度は冗談を言った本人も笑う。

「優しいね、水白くん」

ドキッとしつつ、言う。

「優しくは、ないよ」

優しかったら、たぶん、もっといろいろなことに気づく。気づける。例えば、乃衣が展望台に上れないと言った時点で、何か事情があるんだな、と気づける。ここまで来て上らないのか、なんて思ったりはしない。

「その片見里ってとこに、お母さんの実家があるの？」と訊いてみる。

「そう。みつばあたりとちがって、高校が多くないから、そんなには選べない。この偏差値ならここって、だいたい決まっちゃうみたい。で、通学に時間がかかる。電車の本数は少ないから」

遊びに行くよ、と言いたいが、言えない。片見里がどこにあるのかもよく知らない。知ってても、言えないだろう。他県だから、遠いことはまちがいない。ぼくと乃衣も、そんなには近くない。

「わたしね、自分のことがいやなの」

「え？　何で？」

「弱いから」

「弱い、かなぁ」

「さっきの話」

「ん？」

「痴漢の」

「あぁ。うん」

「すごくこわいなって思う。人混みとかエレベーターとかがじゃなくて。触られたときに、わたしが我慢すればすむんだって思っちゃったことが。そんなの、絶対ダメだよね。

しても、何とかなるからいいのだ。

「東京タワーに上れたら楽しかったろうけど。わたし、上から見下ろすより、こうやって下から見上げるほうが好き。そのほうが、何か、やってやろうって気になる」

乃衣が再び空を見て、言う。

悪くない言葉だ。何となくわかる。していい我慢。していい我慢じゃないよ」

弱くない。強い。感心する。いや、それ以上。ちょっと感動する。

「高校は向こう。でも大学は東京のに行きたい。そうなったら、また遊んでね。そのときまでには、タワーにもツリーにも上れるようにしとくから」

「いいよ、上れなくても。またこうやって歩こう」

「それもいいね」

乃衣とぼく。歩いている。思いのほか、歩ける。ちっとも疲れない。二人だからかもしれない。このままみつばまででも歩けそうな気がする。と、それはちょっと大げさ。

小学生のときにいた、みつばFC。ぼくが高尾くんにズタボロにやられたあのみつばFCで、コーチによく言われた。ノドが渇いてからじゃ遅いんだ、渇く前に水を飲めよ。クラブ自体にいい思い出はない。が、せめてその知識は活かしたい。

「この先にさ、日比谷公園ていうデカい公園があるはずなんだ。そこでちょっと休もうよ」

「うん」

「自販機があるかわかんないから、コンビニで飲みものを買ってこう」

ということで、ビルの一階にあるコンビニに入る。どちらも、ペットボトルの冷たいお茶を選ぶ。ぼくは緑茶。乃衣はジャスミン茶。さすが女子。

ジャスミンて何？　とは訊かずに、ぼくは言う。

「あのさ」

「ん？」

「おごられるのはいやだろうけど、おごりたいんだよ。お茶ぐらい、おごりたい」

それを聞いて、乃衣はにっこり笑う。真顔が笑顔。その真顔以上の、笑顔だ。かわいい、と言うしかない。

「喜んでおごってもらう」

乃衣からペットボトルを受けとり、レジでお金を払う。喜んで払う。ぼくね、払えるんですよ、と店員さんに言いそうになる。

コンビニを出る。ジャスミン茶を乃衣に渡す。

「ありがとう。いただきます」と言われる。こそばゆい。

少し歩くと、車道の向こう側、左方に公園が見えてくる。ビルが途切れ、木々が連なっているので、そうとわかる。

横断歩道を渡り、入っていく。日比谷公園は、広い。園内に公会堂があり、音楽堂がある。図書館があり、レストランもある。池や噴水や花壇もある。テニスコートもある。

みつば中央公園も広い公園だが、それよりずっと広い。東京にもこんな公園があることに驚く。

噴水が見えて日陰にもなる位置にあるベンチに並んで座り、お茶を飲む。まずはゴクゴク飲む。ぼくだけでなく、乃衣もそうする。

「あー、歩いたあとだから、うまい」

「わたしは、歩いたうえにおごってもらってるから、うまい。これだけで、来てよかったと思える」

平日の、だだっ広い公園。人は結構いる。カラスも結構いる。都会のオアシス。人にとってもカラスにとってもそうなのだな、と思う。木々のあいだを縫うように風が吹く。涼しいと感じる。遠足なんかで森や林のなかを歩いたときに感じる、あの涼しさだ。

「水谷くんのライヴ、観れなくて残念だな」と乃衣が言う。

観せられなくて残念、と言いたいとこだけど、言えない。言えないけど。言うつもりではなかったことを、言う。

「サイドギターどころかさ、おれ、ベースになっちゃったよ」

「え？」

「快晴がギターで、おれがベース。結局、ギターは一人でいいってことになって。というか、尽互がそう言いだして」

「ギターじゃなくなったの？」

「うん。ほら、弘樹が転校して、ベースがいなくなってたから。いたほうがいいことは確かなんだ、ベース。ドラムとベースがそろって初めて、バンドの土台ができるから」

「ベースって、低音のあれだよね？」

「そう。和音じゃなくて、単音を弾くやつ。聴いてても何をやってるかよくわかんなかったりするんだけど、いなくなるとわかるんだ。途端に音が薄っぺらくなるから」

「ギターが二人よりは、ベースがいたほうがいいの？」

「うん。快晴を入れた時点で、尽互がおれにベースをやらせようとするんじゃないかと思ってはいたんだよね。言ってこなかったから安心してたんだけど。結局は言ってきた。尽互の兄ちゃんが昔ベースをやっててさ。格安にするからって言うんで、その中古ベースを買うことになったよ。確かに五千円は安いんだ。お年玉貯金を下ろせばどうにかなるし。尽互は初めからそのつもりだったんだよ。全部、思いどおりになった」

「水谷くん、ほんとはギターがやりたいの？」

「そう思ってたけど。ベースも悪くないかなって、ちょっと思うようになった。地味だけどおもしろいんだよ。ギターは、派手にジャカジャ～ンとかやるけど、弾いてない時間も結構あるじゃん。時間というか、間かな。ベースはさ、ずっと弾きつづけるんだよね。弾きつづけて、曲を支える。曲を立たせる」

リードギターからサイドギターへ降格。さらに、サイドギターからベースへ転向。その転向については、乃衣に言わないつもりでいた。バレるはずはないのだ。文化祭ライヴの前に、乃衣は引っ越しちゃうんだし。ベースはやるからそのことを一学期中は誰にも言うなって、尽互に口止めもしといたし。でも、言った。言ってしまった。乃衣も、自分の秘密をぼくに明かしてくれたから。

「ギターで勝てないならベースで挑む。それは逃げじゃない。立派な勝負だよ」

そう言って、乃衣がジャスミン茶を飲む。ぼくも緑茶を飲む。

ひんやりした風が吹く。カラスがカァと鳴く。

日比谷公園は、たぶん、ぼくの忘れられない場所になる。


『ビーフボウル　ラヴ』の演奏が終わる。

スタジオが静かになる。音は、ギターやベースのアンプから洩《も》れる、ジー、というノイズだけ。

ふうっと息を吐き、ヴォーカルの尽互がマイクを通して言う。

「オッケー。悪くねえよ。こんなもんだろ」

九月。文化祭ライヴ前最後のスタジオ練習。借りてるのは二時間。残りは一時間。

「『ビーフボウル』、もう一回やろうよ」とぼくは尽互に言う。

そして、ドラマーの駿也とも話していたことを説明する。

うたの二番のあとのブリッジ部。ヴォーカルのバックで、ちょっと変化を加える。尽互がうたの入りを遅らせてくれれば、おもしろい効果が生まれる。今は、KAZ・MARSのオリジナルどおりに演奏した。そうしてみて、思った。もっとよくできるかもしれない。

「そうすればさ、聴いてるほうも、おっ！　と思うんじゃないかな。あれ、こんなだったっけって」

「いいよ、これまでどおりで」と尽互があっさり却下する。

「いや、でも」

「コピーはコピーだろ。むしろまちがえたのかと思われる。客はオリジナルどおりの演奏を聴きたいんだよ」

「だとしても、いじったほうが絶対にいいよ」

「よくねえよ。失礼だろ、オリジナルをいじっちゃ」

「ロックだし、つくり手はそうやっていじられたほうが」

「なしなし」と尽互はぼくを遮る。「悠太さ、そういうの、いいよ。もう時間もねえし。めんどくせえし」

本音が出た。オリジナルに失礼、なんてことを思う尽互ではない。

「悠太がマジなのはわかったからさ、そういうのは、あとでやって」

「あとって、いつだよ」と勝手に口が動く。

「文化祭のあとだよ」

文化祭のあと。そんなものはない。文化祭が終わったら、バンドは解散する。いや、解散はしないかもしれないが、活動は休止になる。ぼくらは受験勉強をしなければならない。そちらに専念しなければならない。高校に行ったら、またバンドをやる。でも、尽互とはやらないと思う。

言ってしまう。

「ベースを提げてただ突っ立ってればいいっていうんなら、おれはやめるよ」

空気が一瞬にして張りつめる。

尽互が小さく舌打ちする。

スタジオの低い天井に目を向ける。そんなはずはないのに、その上に広がる空が見える。日比谷通りでも見た空だ。

「悠太の案、悪くないよ」とギターの快晴が言う。「やってみようぜ、尽互」

大事なのは楽器じゃない。音楽。

ブレないのは、気分がいい。

冬の女子部長

ケータイで時間を見る。まさか遅刻とかしないよな、と思う。

次いで教室のほうを見て、階段を見る。

セーフ。その階段を上ってきたフユが、上から順に姿を現す。頭、顔、胸、腰、足。右手にはグッチのバッグ、左手にフェイクファーのコートを持っている。

全身を眺め、やっぱアウトかも、と思う。茶色というよりは黄土色の髪。まあ、これは前からなのでしかたない。だがもう真冬なのに、胸の谷間を見せている。両腿《もも》も、付け根に近いところまで見せている。ここ、学校だぞ。今日、三者面談だぞ。

壁に寄りかかるぼくに気づいたフユが、まるで女子高生のように手を振ってくる。

「ハロー・ミキヤ。ハワァ・ユー」

「あ?」

「学校なんで、英語であいさつをしてみました」

そのアホ発言は黙殺する。頭のなかで五秒を数え、黙殺したことをきちんとわからせてから、声を潜めて言う。

「スカートが短《みじけ》ぇんだよ」

「このあとデートなんだからしかたないでしょ」

理屈になってない。デートより三者面談を優先させるべきだろ、せめて服装面は。

「ほら、こっち。イスに座って待ってりゃ呼ばれっから」

フユを二年D組の前へ連れていき、廊下に置かれたイスに座ろうとした。が、すぐに教室のドアが開き、面談を終えた女子とその母親が出てくる。

「次、モリタさんだそうです」と母親のほうが言い、「は～い」とフユが応《こた》える。親？という文字が母親の顔に浮かび、派手！という文字が娘の顔に浮かぶ。無理もない。

二人と入れ代わりで、教室に入る。

「失礼しま～す。森田幹矢と母親の冬香《ふゆか》です」

机を二つずつ向かい合わせに並べただけの、簡単な面談席。こちらを向く側に座っていた担任の大橋孝之《おおはしたかゆき》先生が、ぎょっとした目でフユを見る。まあ、それはそうだろう。半ケツみたいな胸の谷間に、黒のミニ。そんな保護者が颯爽《さっそう》と現れたんだから。

「どうぞ。おかけください」

そう言われ、フユと並んで座る。

「わぁ、懐かしい。学校のイスだぁ」なんてことをフユが口走るので、思わず、「しっ！」と言う。

「担任の大橋といいます。よろしくお願いします」

「こちらこそよろしくお願いしま〜す」

ますだろ、ます。語尾を伸ばすんじゃねえよ。そう思い、今度は軽く舌打ちする。

「土曜日に面談をしてくれて、ほんと、たすかります。わたし、月から金はちょっとツラいんで」

「そういうご要望が多いので、こうして土曜日にも実施することにしています」

「ですよね。来れない人は、来れないですもんね」

「そうですね。ではさっそく、面談を始めさせてもらいます」

「はい。お願いします」

フユが頭を下げたその瞬間、大橋先生の目が銀縁メガネのレンズ越しに胸の谷間に向けられたように見えた。気のせいかもしれないが、そうではないかもしれない。大橋先生は三十五歳、独身。もしぼくがお金を賭《か》けるなら、気のせいではないほうに賭ける。

先生がその疑惑を打ち消すかのように言う。

「森田は、大学の文系学部への進学を希望、ということでいいのかな?」

「はい。一応」

「お母さんも、そういうことでよろしいですか?」

「はい。あの、わたし、ひとり親ですけど、別れたダンナ、じゃなくて夫から、ミキが大学を出るまでの費用は出してもらうことになってますから」

「そうですか。まあ、そこまでは、おっしゃっていただかなくても」

「あ、そうですよね。ごめんなさい。とにかく、進学ということでお願いします」

「わかりました。それで、森田くんのこれまでのテストの順位なんですが」と言いながら、大橋先生が手もとのファイルに目を落とす。

ヤバい。

「えーと、二年生になってからの四度の定期テストでは、二百八十二人中、二百三十六番、百八番、二百十九番。で、直近の二学期の期末テストが二百五十一番、ですね」

「え？」とフユが甲高い声を上げる。「ほんとですか？　それ」

「ええ。何か？」

「いえ、あの、ミキに聞いてたのと、ちょっとちがうんで。というか、だいぶちがうんで」

「親御さん宛に毎回順位のお知らせを出したりはしませんが、通知表には載せてますよ」

「あっ。そういえば、二学期は見てない」

「それは、見ていただかないと。わたしどもは、生徒を信頼して、お渡ししてますので」

あぁ。ダメでしょ、高校生男子を信頼しちゃ。そりゃ、なりますよ、こういうことに。

「ちょっと。何なのよ、ミキ！　あんた、五十一番とか言ってなかった？」

「言ったっけ」

「言った。あんた、イチローの背番号と同じだって言ったの。だからはっきり覚えてる。それが何よ、二百五十一番て」

「いや、あれだよ、ちょっと色をつけたんだよ」

「色、つけすぎでしょうよ。何よ、実はプラス二百って。あんた、ふざけんのもいい加減にしなさいよ」

「まあまあ、お母さん、今は」

「だってひどいですよ。先生もそう思いませんか？　わたし、今、三十四ですけど、歳のサバ読むにしたって、せいぜい三十ですよ。二十代をかたるなんて大それたことまではしませんもん」

「何が三十四だよ。三十六だろ、今」

「だから、ほら、二歳読んでるだけじゃない。慎《つつし》みってもんがあんのよ、人には」

「慎んでんなら、最初から三十六って言えよ」

「あんたが言わなきゃわかんなかったでしょ、バカ！」

「いや、あの、お母さん。ですから今はそういうのは」

「あ、すいません。ごめんなさい」大橋先生にはそう言ったものの、フユはぼくにはこう言った。「あんた、わかってるわね。今夜は二者面談だからね」

「えーと、とにかく、面談に戻らせてもらいます」

「あ、はい。あの、ほんとにごめんなさい」

威勢のよかったフユが、ちょっとシュンとする。自分がそうじゃないからか、フユは頭がよくてマジメな人間に弱いのだ。大手製薬会社に勤めていたぼくの父がまさにそれだった。大橋先生は、その父に似ている。しゃべり方も、メガネをかけているところも。あと、少し顔も。

「なあ、森田。ぼかしてもしかたないからはっきり言うけどな、今の成績じゃ、お前は大学に行けない。どこでもいいなら行けるだろうが、ある程度以上のところには行けない。それは、わかるな？」

「えぇっ。そんなぁ」と、これはフユ。「じゃあ、どうしたらいいんですか？　先生」

「心配しないでください、お母さん。今のはおどしです。まだ時間はありますから」

「あぁ。何だ、よかった」

「でも安心もしないでください。そうは言っても、受験までは丸一年です。早く準備をするに越したことはありません。本人がそれを自覚することが何よりも大事です」

「ほら、ミキ。あんた、自覚が大事だってよ。しなさいよ、自覚。した？」

「森田は、普段の予習復習はおろか、テスト勉強さえしてない。言ってみれば、勉強ときちんと向き合ってない。ちがうか？」

「まあ、ちがわない、んですかね」

「先生が見たところ、力がないわけではないんだ。ただ、持ってるその力を発揮してない。一学期の期末テストで一度だけポンと百八番に順位が上がってるのがその証拠だ。このときはそれなりに勉強した。でもほかのときはしてない。そうじゃないか？」

「えーと、そう、なんですかね」

「何よ、それ。あんた、部活もやってないのに何してんのよ。時間ならいくらでもあるじゃない」

「時間のあるなしじゃないんです。部活と勉強のどちらもきちんとやる。そんな子はたくさんいますよ。お母さん」

「あぁ。そうですよね。ほらぁ、たくさんいるってよ。どうすんのよ、ミキ」

「いいか、森田。やってもできないならしかたない。でもできるのにやらないのはダメだ。いざとなればやる。そういうつもりでいるのかもしれないけどな、そんないざはないんだよ。これは生徒に限ったことじゃない。大人だってそうだ。普段から力を出さない人間は、いざというときにも力を出せない。何でもないときに力を出せること。それ自体が人間の能力に含まれるんだ。例えば先生の歳ではもう遅い。でも森田の歳なら遅くない。持ってる力は出せ。出さない力は伸びないし、伸びないどころか、いずれ消えてなくなるもんだ。もうすでにない力をあると思ってる。そんな大人には、なりたくないだろ？」

「まあ」

「まあ、何だ」

「なりたくは、ないですね」

「だったら、出すべきときに力は出せ。勉強すべきときには勉強しろ」

「はぁ」

「お母さんも、これからの一年は、そういうあれこれを気にかけるようにしてください。何番だった？　五十一番。あ、そう。で終わりではなく。それこそが、森田くん自身とお母さんのためになることですから」

「わかりました。そうします。努力します。あの、これからもミキを、じゃなくて息子を、よろしくお願いします」

「はい、と言いたいところですが、来年度はまたクラス替えがありますし、わたしの担当は数学ですので、森田くんの担任になることはないと思います。でも誰が担任になろうと、一生懸命やりますよ。教師なら、自分の学校の生徒はよりよい道に進んでほしいですから」

「ありがとうございます。本当に、お願いします」

「おい、森田。お母さんがこうおっしゃってるんだから、お前が気を抜くなよ。来年の一学期の中間テストの結果ぐらいは、先生もチェックするからな」

そこまではしないだろ。というか、ぼくがある程度以上の大学に受かるなんて初めから思ってないだろ。そう思いつつ、返事をする。

「はい」

「ではそういうことで、そろそろよろしいでしょうか。森田くんは、大学の文系学部への進学を希望ということで、第三学年では文系クラスになります。一学期の終わりにまた三者面談があるはずですから、具体的な志望校などは、そのときに担任とお話しいただければと思います」

「わかりました。今年は先生に受けもってもらってよかったです。来年もそうなら、もっとよかったのに。本当に、ありがとうございました」

フユが頭を下げた瞬間、またしても大橋先生の目が胸の谷間に向けられたように見えた。たぶん、気のせいではない。もうこれはしかたないだろう。男なんだから、胸の谷間が目の前にあれば、誰だって見る。ぼくだって見るよ。自分の母親以外の谷間なら。

フユが大げさに何度も礼を言うのを待ってイスから立ち上がり、教室を出た。

ぼくらが最後なので、廊下のイスには誰もいない。ドアを静かに閉めて歩きだした途端、予想どおり、フユはむくれ顔になった。

面談が終わったからには帰るだけ。一階の玄関まで並んで歩く。

「ミキ、超ムカつく。何よ、恥かかせて」

「は？　恥かかせたのはフユだろうよ」

「何が五十一番よ」

「何が三十四だよ」

「うそつき」

「サバ読み」

「うるさい。女が歳のサバを読むのは普通なの」

「高校生がテストの順位をごまかすのも普通だよ」

「もう、ほんっとアタマきた。何、三十六って言っちゃってんのよ」

「そっちかよ。せめて五十一のほうでアタマにこいよ」

そしてたどり着いた玄関で、フユは学校の青いスリッパを自前の黒いブーツに、ぼくは上履きをスニーカーに履き替え、外に出る。

そこからは一転、二人して無言で駅まで歩き、そこのホームで別れた。フユは上り電車でデート場所へと向かい、ぼくは下り電車で自宅へと向かう。どちらも怒り気味に交わした別れの言葉はこうだ。

「ハンバーグつくってあるからあっためて食べんのよ」

「ああ」


フユのハンバーグなら宅配ピザのほうがよかったなぁ。

と思いながら、電車のイスに座っていると、途中の駅で、何人かが降り、それよりも多い何人かが乗ってきた。

自分の左側に一人分の空きをつくるため、腰を浮かせて右側に寄る。ちょうどそのとき、ぼくの右隣にいた女の人も、自分の右側に一人分の空きをつくろうと、同じく腰を浮かせて左側に寄った。ともに浮かせた腰を宙でドシンとぶつけ、ぼくらはそのまま尻《しり》餅《もち》をつくようにストンとイスに座った。「あっ」とそれぞれが同時に言い、その滑稽《こっけい》さを笑う。

「じゃあ、こちらに寄りましょうか」とその人が言うので、ぼくらはあらためて右側に寄り、ぼくの左側に空きをつくった。

その際にチラ見した彼女は、おそらく、ぼくより少し上。大学の一年生、か二年生、という感じだ。鼻筋がすっとしていて、かなりきれい。

あぁ、これは機会だな、と思った。チャンスというよりは、機会。電車で席を詰めようとして、腰をドシン。これは機会以外の何ものでもない。

次の駅で、彼女はイスから立ち、電車を降りた。続いてぼくもイスから立ち、電車を降りた。本来降りる駅ではないのにだ。

ホームを階段に向かって足早に歩く彼女に、後ろから声をかける。

「あの、すいません」

振り向いた彼女が、怪訝《けげん》な顔でぼくを見ながらも立ち止まる。

「さっきはどうも」

「あぁ。はい」

「それで、あの」

「何ですか？」

思いのほか、表情は険しい。ぼくが誰だかわかったのに、和らぐ気配がない。

「えーと、お茶でも飲みに行きませんか？」

「お茶?」

「はい。いや、あの、コーヒーでも紅茶でも、何でもいいんですけど」

「どうして?」

「どうしてってこともないですけど。さっきああなったのも何かの縁というか」

「あれが縁?」

「じゃないですかね」

彼女がまじまじとぼくの顔を見る。かわいそうなものを見る目で。

「君、高校生?」

「はい」

「これ、ナンパのつもり?」

「いえ、そういうわけでは」

「こういうの、よそでやってもらえる?」

そう言うと、彼女はくるりと振り返り、すたすたと歩き去った。

あらら。また失敗だ。誘い文句がヘタだったか。でなきゃ、彼女が高校生のガキにまるで魅力を感じなかったか。

もちろん、さらにあとを追ったりはしなかった。大橋先生の話ではないが、ぼくは持ってる力をフルに発揮した。ただ、もうこれ以上のスキルはない。

そこでぼくはどうしたか。どうしたもこうしたもない。そのまま線路のほうに向き直り、次の電車が来るのを待った。

高校に入学してから、ぼくは何度もこんなことをくり返している。それらしい機会を見つけては、女子にアタックするのだ。今みたいなときや、駅の駐輪場で何台ものチャリをドミノ式に倒してしまった女子に手を貸したときなんかに。

さっきの三者面談の際、ぼくが部活をやってないとフユは言ったが、自分では女子部に入っているつもりだ。そう。自ら立ち上げた、女子部。女装をするとか、エロ画像やエロ動画を集めるとか、そっち方面ではない。女子を研究するという意味での、女子部。部員は一人。ゆえに部長。言ってみれば、ぼくは女子部長だ。女子の部長ではない。女子部の、長。

要するに、将来、父やフユのように結婚で失敗したくない、と思ったのだ。合わない相手と結婚して別れるようなことはしたくない、親の離婚が子どものプラスにならないことを充分知っているはずの自分がそれだけはしたくない、と。

二人が離婚したあと、ぼくはおよそ八年をかけて考えた。もう、考えて考えて考えた。で、自分が離婚しないようにするためには相手をよく知っておくことが必要だ、結婚前に女子なるものについてできるだけ多くの知識を備えておくことが必要だ、との結論に達したわけだ。別にスケベな意味でなく。

この一年と九ヵ月で、ぼくはもう二十度ぐらい、女子部長として活動した。つまり、機会を見つけては、様々な女子にアタックした。成功したことは、まだない。一度もだ。

そして。女子は男子に誘われるのを待っているなどとよく言うが、あれはうそかもしれないと、このところ、いくらか疑念を抱くようになっている。

宅配ピザのほうがよかったことはよかったけど、でも焼いたハンバーグじゃなく煮込みハンバーグというのはフユにしてはヒットだったな。

と思いながら、洗い忘れていた皿をキッチンで洗っていると、そのフユからケータイに電話がかかってきた。

「もしもし、ミキ？　わたし」

「ああ。何？」

「ねぇ、迎えに来て」

「は？」

「酔った」

「酔ったって。今、何時だよ」

「えーと、そろそろ午前〇時。だから来てって言ってんの。わたし、歩いて帰る自信、ない。足がフラついて、どんどん家から離れてっちゃうかも」

「今どこ？」

「みつば駅。改札を出たとこ」

「じゃあ、そこで待ってて」

「やった。ミキ、サイコー。わたし、サイテー」

ダメだ。確かに酔っている。

「そこにいなよ。すぐ行くから」

電話を切ると、ぼくは素早くジーンズを穿《は》き、ダウンジャケットを着て、マフラーを首に巻いた。そして玄関のドアにカギをかけ、みつば南団地D棟一〇六号室を出る。

歩きだと、JRみつば駅までは二十分かかる。それに、歩いていったところで、ミニスカートのフユをおぶって帰るわけにもいかない。そんならということで、チャリにした。

団地の敷地も出て、駅へと向かう。真冬の深夜だけあって、外はムチャクチャ寒い。住宅地はしんと静まり返り、出歩いている人は一人もいない。今この時間、酒に酔った母親を迎えに行く高校生が日本に何人いるだろう。ふと、そんなことを思う。

駅前の大型スーパーの前にチャリを駐《と》め、小走りで駅の改札口へ。

フユは意外にもしゃんとしていた。ミキおつかれ、などと言い、手を振ってくる。ただ、足どりはおぼつかないので、やはり酔っているのだとわかる。

「すごい。早かったね」

「チャリで来たから」

「チャリ？　わたし乗れるかなぁ、後ろに」

「乗らなくていいよ。チャリは引いていく」

「ダメ。せっかくだから、乗る」

というわけで、二人乗りをした。フユが荷台に横向きに座り、ぼくのお腹に両腕を巻きつける。

「ちょっと。こぎづらいよ」

「こうしてないと、こわいんだもん。体がフラつくし」

「やっぱ歩いたほうがよくない？」

「よくない。座ってたい」

「そもそも二人乗りは禁止だしさ。お巡りさんに見つかったら、怒られるよ」

「いいじゃない。親を呼ぶって言われても、その親はここにいる。手間が省けるよ」

だからそれがいやなんだって。自分の親がお巡りさんに怒られてるとこなんか見たくないよ。自分が怒られるんならいいけど。

「でもさぁ」フユがのんきに両足をぶらつかせながら言う。「こんなふうに乗ってて、パンツ見えちゃわないかなぁ」

「見ねえよ、誰も。というか、いねえよ、誰も」

「ほんとだねぇ。誰もいない。これならお巡りさんもいないよ」

急いだところで二分と変わらないので、スピードは出さないようにした。チャリを傾けないよう、また歩道と車道の段をなるべく通らないよう、慎重に進む。

「ミキ、ハンバーグ食べた？」

「食った」

「どうだった？」

「まあまあ」

「ってことは、おいしかったんだね。ミキのまあまあは、ほめ言葉だから」

「ねぇ、あのさ」

「何？」

「またフラれたわけ？」

「え？　何でわかんの？」

「そりゃわかるでしょ。こんなふうになってんだから。幼稚園児だってわかるよ」

「幼稚園児には、わからないよ」

「でも高二にはわかる」

「うーん。そっかぁ。わかるかぁ。そうだよねぇ。あんた、高二だもんねぇ。小三のときでもう、親の離婚をきちんと理解してたもんねぇ」

「きちんとは、理解してなかったよ」

フユは何も言わなかった。明らかに、黙った。痛いところを突いてしまったか、と思った。ちがった。そういうことではなかった。

「酔った」

「え？」

「チャリに」

「マジで？」

「気持ち悪い。吐く」

「いや、ちょっとちょっと。待って。停めるから」

道端の塀に寄せてチャリを停めると、フユは荷台から降り、その場にしゃがみこんだ。ぼくもチャリから降り、吐くようなら背中をさすろうと横で待機したが、フユは吐かない。すぐ先にみつば第三公園という小さな公園があるので、一人でそこへ行き、ベンチのわきにチャリを駐めて、戻ってきた。

「公園にベンチがあるから、座って休もう。立てる？」

「立てない。でも立つ」

フユの体を横から支えて公園に連れていき、三つあるベンチの一つに座らせた。自分も隣に座る。

フユはそこでも背中を丸め、下を向いた。お酒きらい、だの、もう飲まない、だの、ぶつぶつ言う。こんなときに声をかけられるのもわずらわしいだろうと思い、ぼくは黙っていた。ただし、背中さすり要員として、様子だけは窺《うかが》う。

そのままの体勢で十分を過ごし、フユは言った。

「あぁ。ちょっともち直した」

「無理しなくていいよ。完全にもち直すまで、ここで休んでいこう」

フユが顔を上げたせいで、園内の灯《あか》りに照らされた胸の谷間が、やけに生白く浮かび上がる。ぼくは自分のマフラーを首から外し、フユに差しだした。

「これ、しなよ」

「だいじょうぶ。わたしは飲んじゃってるから、そんなに寒くないし」

「しなって。見てるこっちが寒いんだよ」

フユがマフラーを受けとって、首に巻く。残念。胸の谷間は、隠れそうで隠れない。

「チクチクするけど、あったかい」

「マフラー一つで、感じる寒さは全然ちがうもんだよ」

「ねぇ、ミキ」

「ん？」

「あんたは大学に行ってね」

「何、急に」

「面談のあと、ずっと考えてたの。お酒を飲んでたときも、フラれて電車に乗ってたときも。わたしは行ってないから大学がどんなとこかは知らないけど、でも行かないと不利になることだけは知ってる。痛いほど知ってる。だから、あんたは行ってね。もしあの人が約束を破って、お金は出せないとか言いだしても、わたしがどうにかするから、行ってね」

父と離婚してすぐに、フユは働きはじめた。でもあまりいい仕事には就けなかった。今は、バー『ソーアン』に勤めている。古いロックを流すバーだ。もちろん、おかしなサービスをする店ではないが、フユ曰く、その分、お給料は安い。そこだって、やっと見つけた仕事の口なのだ。三十代。シングルマザー。高卒。そんな要素が重なると、そうなってしまうものらしい。

「あの先生。あんたの担任。えーと、名前、何だっけ」

「大橋」

「そう。大橋先生。あの人、いい先生かもしれないけど、たぶん、あーあ、この親じゃダメだって思ったよ」

それは、何とも言えない。思ったかもしれないが、少なくとも、態度には出さなかった。そう。一緒に暮らしてたときの父と同じで。

「わたしね、自分のことは安い人間だと思われてもいいけど、ミキのことはそう思われたくない」

反応のしようがなかった。フユがそんなことを言うのは初めてなので、ちょっとたじろぐ。

「ねぇ、あんた、もう十八になった？」

「まだ。十八どころか、次でやっと十七だよ」

「だよね」

「子どもの歳ぐらい、覚えとけよな」

「覚えてるよ。お酒飲んじゃったから、考えるのが面倒になっただけ」

「面倒になるまで飲むなよ。で、それが何」

「十八になったら言おうと思ってたんだけど。まあ、いいか。ミキはもう大人だし。あのね、あんたには、弟がいんの」

「は？」

「あんたはお兄ちゃんなわけ」

「あぁ。そう、なんだ。えーと、まあ、父さんは再婚したんだから、そうであってもおかしくはないよね」

「おかしくはない。ただね、その子、もう九歳なの」

「九歳」

「そう。わたしとあの人が離婚したのが八年前。つまり、そのときにはもういたわけ。この世に」

言葉が出なかった。話はぼくの予想を超えた。一気に。そして遥《はる》かに。

「だからね、あんたは、あんたに似たその九歳の弟とどこかでばったり出くわすかもしれないの。そうなったところで気づきはしないだろうけど、でも出くわす可能性はあるの」

「じゃあ、何？　離婚の原因て、それだったわけ？」

「そう。わかりやす〜い原因」

　知らなかった。いわゆる性格の不一致だと思っていた。どちらかが浮気をしたのなら それはフユのほうだろうとも思っていた。実際、フユはフユらしく、男友だちと平気で食事に出かけたりもしていたから。また、子どもは母親に引きとられるのが普通だとも、ぼくは思っていた。フユの性格なら、別れた父にぼくとの面会を許さないのも当然だ。でもそういうことではなかった。フユが父にぼくとの面会を許さないのは、当然のなかでも最上位の当然だったのだ。

「どう？　驚いた？」

「驚いたのかどうか、よくわかんないよ」

「そのくらい驚いたってことだ」

「そうかも」

　フユが右ひざを右手でぽりぽりと掻《か》いて、ぼくを見る。

「あんたさ、その弟に、会いたい？」

「どうだろう。それもやっぱり、よくわかんない」

「十八になったときに会いたいと思ってたら、会ってもいいよ。あの人には会ってほしくないけど、その子には会ってもいい。わたしにとっては他人だけど、ミキにとっては血のつながった弟だもんね。会いたいと思うのが普通だよ。十八になったら、あんたはもう自分の意思で何でも決めるべきだし。わたしが十八であんたを産もうと決めたみたいにね。たださ」

「うん」

「会うのはいいけど、わたしに黙って会うのはやめてね。そこは、ちゃんと言ってほしい。言ってくんなかったら、わたし、あんたにまでバカにされたと思っちゃうかも」

「言うよ。そのときは言う。でも。会いたいと思うかどうか、ほんとにわかんないよ。これまでだって、何となく、弟だか妹だかがいるんだろうとは思ってたわけだし。今それを聞いたからって、状況は何も変わらないじゃん」

フュがふうっと白い息を吐き、自分の足もとを見て、ぼくを見る。

「あんたさ、わたしが思ってるより、ずっと大人なんだね。もしかすると、わたしより大人かも。まあ、テストの順位をごまかしたりするところはまだ子どもだけど」

「歳をごまかす大人に言われたくないよ」

「ねぇ、おじいちゃんとおばあちゃんに言ったらダメだからね」

「言うって、何を?」

「わたしがお酒を飲んであんたを迎えに来させたとか、あと、男に何度もフラれてるとか」

「言わないよ。というか、言えないよ。みっともなくて」

「なら、よし。さて、じゃあ、行こっか。何だか寒くなってきた。酔いが醒《さ》めたのかな」

「まだ酒臭いよ」

「臭いって言うな。ほら、行くよ、運転手。今度はわたしが酔わないようにしてよね」

フユが勢いよく立ち上がったので、ぼくも立ち上がる。あ、立ちくらみ、とフラつくフユを支え、時間をかけてチャリの後ろに乗せる。サバ読み母とうそつき息子の二人乗り、再開。

今度は歩くのと変わらない速度で、ユルユルと進む。土曜から日曜にかわった深夜の住宅地は、ますます静かだ。こんなにも多くの家があり、そのなかに多くの人々がいるはずなのに、物音一つしない。ぼくがチャリのペダルをこぐ音と、フユとぼくのこんな声のほかには。

「ねぇ、大橋先生って、独身？」

「いや、えーと、確か結婚してるんじゃなかったかな」

「指輪、してなかったけど」

「しない人も、いるんじゃないの？」

あーあ、この親じゃダメだ、と思われたとフユ自身が少しでも思ったなら、そんな相手とは付き合わないほうがいい。これは成功経験ゼロの女子部長としてでなく、フユの息子として、そう思う。自分は結婚で失敗したくない。ただ、フユにも、もう失敗してほしくない。これ以上、傷ついてほしくない。

数時間前の部活動のことを、ぼくは自らフユに話した。腰をドシンのあの彼女を追いかけて電車を降り、お茶に誘い、見事に断られたことをだ。もういいや、と思い、女子部の名前まで出した。部を立ち上げた動機はさすがに明かさなかったが、過去に二十度ほどの活動歴があることは明かした。

それを聞いて、フユはケラケラと笑った。印象を正しく伝えるなら、大ウケした。わたしたちやっぱ親子だわ、なんて言ったりもした。

「女子部。おもしろいこと考えるね、ミキ」

「フユもさ、相手をもうちょっとよく知ったほうがいいんじゃないかな」

「相手をって、男をってこと？」

「まあ、そう。男をっていうか、異性を」

「うーん」

「でさ、もしまん今度誰かと付き合うなら、おれもその人に会ってみたいよ。別にケチをつけたいわけじゃなくて、単純に、会ってみたい。何ていうか、将来的に家族になる可能性がほんの少しでもあるんならってことだけど」

「それ、本気で言ってる？」

「うん。家族にならない弟よりは、家族になるかもしれない他人に会ってみたいよ。今は」そしてぼくはフユの反応を待たずに言う。「ということでさ、フユを男子部長に任命するよ」

「は？」

「女子部の男子版。付き合うとかじゃなく、男子を研究するって意味での、男子部。その部長。三十六歳でも、そういうのは学ぶべきだよ。ちょっとサバを読んだとして、三十四歳でも、学ぶべきでしょ」

「部長かぁ。わたしも中高と部活やってなかったから、部長なんて初めて」

「じゃあ、やんなよ」

「親が男子部長で、子が女子部長。だいじょうぶ？　わたしたち、バカ親子じゃない？」

「まちがいなくバカ親子でしょ。でも、だいじょうぶなバカ親子だと思うよ」

「だったら、いいか。決定。わたし、男子部長。今日から男子を研究して、学ぶ。その成果が出て、いい男子と知り合えたら、ミキに紹介する」そしてフユもぼくの反応を待たずに言う。「あ、そうだ。おフロ沸いてる？」

「沸いてるよ」

「さすが、気が利く。あんた、いいダンナさんになるよ」

「でもさ、フユは入んないほうがいいよ、フロ」

「どうして？」

「お酒飲んでからフロに入るのは心臓によくないって、こないだテレビでもやってたし」

「だけど、あったまりたいもん」

「なら、せめてシャワーだけにしなよ。そのほうがいいよ」

「わかった。じゃあ、そうする」

「あとさ」

「うん」

「おれ、大学は、ちゃんと合格するから。それも、現役で合格するよ。もし自分に力があるなら、やっぱ持ち腐れにはしたくないし」

お腹に巻かれたフユの両腕に、少し力がこもる。苦しいよ、とぼくが言う前にフユが言う。

「ねぇ、ミキ」

「ん？」

「あんた、もう人人だけど」

「何」

「いい子いい子」

チャリクラッシュ・アフタヌーン

ガツンと衝撃がきて、うわっとなる。

気づいたときには、もう倒れてる。どこにって、路面に。

何だかわからない。おれは左ひじをつき、身を横たえてる。

視線の先にはチャリがある。同じく横倒しになってる。わきに人の足も見える。パンツの丈がひざまで。ガキだろう。

そのあたりで、ようやく目の焦点が合う。

「だいじょうぶ、ですか？」と言われる。

チャリ。ガキ。だいじょうぶ、ですか？

左ひじが痛む。右手のひらもひりひりする。見れば、細かな砂利がついてる。血が出たりはしてないが、赤い。

やっぱそうだ。おれはチャリとぶつかったのだ。というか、チャリにはねられたのだ。

その瞬間のことを覚えてない。記憶が飛んだのではない。初めから記憶してないのだ。横からドーンと来られて、見てないから。

どうにか理解はしたものの、なお呆然《ぼうぜん》とする。日常に戻れない。突然の事故に、うまく対応できない。

「だいじょうぶ、ですか？」ともう一度言われる。

答えられない。うぅぅぅぅ、と思い、あぁぁぁぁ、と思う。

「あの」

「待って」とようやく言う。苛立《いらだ》ちが声に出る。抑えが利かない。「いいから。ちょっと待って」

再び。うぅぅぅぅ。あぁぁぁぁ。

そしてゆっくりと立ち上がる。右の足首にズキンと痛みがくる。悲鳴を上げるほどではない。が、顔はしかめる。

タイトなパンツの前ポケットに無理やり突っこんだスマホを取りだし、画面を見る。よかった。無事だ。

それを左手に持ったまま、屈伸をしてみる。準備運動の最初にやるあれだ。イチニでしゃがみ、サンシで立つ。ひざを曲げ伸ばしする。だいじょうぶ。できる。ひざは痛まない。

次いで、おそるおそる足首をまわす。そこはズキンとくる。まわすとズキン、まわさなくてもドヨン。そんな痛みがある。倒れるときにひねったらしい。

「だいじょうぶ、ですか？」と三たび言われる。

初めて相手を見る。きちんと見る。

やはりガキだ。中学生。よりも小さい。小四、小五ぐらいか。

横倒しになったチャリも、普通サイズのものにくらべたら、小さい。ガキ向けではないが、ミニサイクルという感じ。車体は白で、サドルは黒。シンプルな配色だ。

「すいません」と今度は謝られる。

どう対応していいかわからない。スマホをポケットに戻し、とりあえず黙ってる。相手がガキとはいえ、はねられたことへの怒りがある。おれはただ歩いてただけなのだ。そこへいきなり突っこまれたら、ひとたまりもない。

蜜葉《みつば》市四葉《よつば》の狭い道。車二台はすれちがえない。どちらか一方が途中で待つしかない。おれはそこを歩いてた。ドン・キホーテでカップ麺《めん》を買ってきたのだ。

賞味期限が近かったため、かなり安くなってた。二個のつもりが、三個買った。いい買物ができたと、喜びを噛みしめながら歩いてたわけだ。

すぐ先は旧道。横断歩道を渡って少し行けば、アパートに着く。

旧道は片側一車線だが、それなりに車は通る。そこではいつも立ち止まり、左右を確認する。今もそのつもりでいたところへ、突っこまれたのだ。人一人が歩ける幅しかない歩道を、たぶん相当なスピードで走ってきたこのガキに。

角はよそのアパートの敷地で、柵《さく》が張られてる。だからこそ、左を確認するときは、歩道ぎりぎりまで出なければならない。チャリと歩行者。安全確認の義務はチャリ側にあるだろう。たとえライダーがガキだとしても。

あらためてガキを見る。大小様々な文字の英単語がプリントされた白のTシャツに黒のハーフパンツ。顔はわりと整ってる。女子にモテるかもしれない。小学生のときにバレンタインのチョコを最高で五個もらったおれにはかなわないだろうが、三個ぐらいはもらえるかもしれない。

そのわりと整った顔も、今は曇ってる。まあ、そうだろう。チャリで大人をはね、地面に這《は》わせてしまったのだ。大いにあせってるだろう。何なら逃げだしたくなってるだろう。しかも相手は普通の大人ではない。どう見ても、勤め人ではない。

実際、おれは勤め人じゃない。学生時代のバイトを数に入れなければ、二十八の今まで、勤めたことは一度もない。

では何者か。ミュージシャンだ。服は白のドレスシャツに黒のパンツ。色の組み合わせは奇《く》しくもガキと同じ。でも髪がちがう。金髪ではないが、それに近い。長髪でもないが、それに近い。おれはラッパーじゃない。ロッカーだ。グラムっぽい美意識もある。坊主頭でいいというわけにはいかない。

何であれ、チャリではねるのに適した相手ではない。ガキもそう思ってることだろう。事故に遭ったのは自分だとさえ、思ってるかもしれない。

だが事故に遭ったのはおれ。その事実は曲げられない。おれはおとなしく道を歩いて、チャリに突っこまれた。路面に倒れ、足首を痛めた。完全に被害者だ。

ドレスシャツの左ひじを見る。小さな穴があいてる。無理もない。生地は薄いのだ。本物のシルクではないが、質感は似てる。

パンツのすねのあたりも、少し白くなってる。これはタイヤの跡だろう。現に微《かす》かな痛みもある。

ガキはいつの間にかドンキの黄色いビニール袋を手にしてる。倒れる際におれの手から離れたのを、拾ってくれたらしい。

不安げな顔のガキに言う。

「そっちも、転んだ？」

「転んだけど。だいじょうぶ」

「そうか」

「はい」

「名前は？」

少し間を置いて、ガキは言う。

「シンタ」

「ナニシンタ？」

「ハンダシンタ」

「ハンダシンタか。響きがよくてカッチョいいな。ただ、残念だけど。おれは、響きがよくてカッチョいいハンダシンタの父ちゃんか母ちゃんに会わなきゃなんない。足首をさ、ひねったみたいなんだよ。ちょっと、じゃなくてかなり痛い。平日だから父ちゃんはともかく、母ちゃんはいる？」

「月曜だから、いる」

「ならよかった。家は近く？」

「歩いて十分ぐらい」

「じゃあ、連れてってもらえるかな」

「はい」

　ハンダシンタからドンキの袋を受けとる。見た感じ、カップ麺に問題はない。牛乳だのペットボトルのお茶だのを買ってなくてよかった。その二つも、いつもドンキで買うのだ。よそのスーパーより安いから。

　倒れてたチャリを、ハンダシンタが起こす。荷台がないので、二人乗りはできない。そのあってもしないだろう。ガキと大人だから、というよりは加害者と被害者だから。その二人乗りはちょっといただけない。警官に見つかったら、まちがいなくおれのほうが怒られる。

　ハンダシンタはサドルに座り、地面を蹴《け》って進む。ガキらしいやり方だ。おれがその左を歩く。

　右足首は、やはり痛む。ひねる動きをしなければズキンとはこないが、踏みだすだけでズンとはくる。こういうのは治るのに二週間ぐらいかかるんだよなぁ、と思う。でもこれですんでよかった。まず、死ななくてよかった。

　加害者と被害者として初めて会ったガキと大人。話すことは何もない。それでいて、何も話さないのも変。だから無理にでも話す。

「言っとくけどさ。おれ、当たり屋じゃないかんな」

　ハンダシンタが、わからなそうな顔でこちらを見る。

「わざとぶつかってお前の親から治療費をふんだくろうとしてるわけじゃ、ないからな」

「あぁ。はい」

　自分で言ってみて、ちょっと不安になる。ハンダシンタ自身はともかく。その親に当たり屋だと思われないだろうな。どう見ても勤め人ではない二十八歳の男。足首の痛みを訴えながらも、自力で歩いてきた男。平日の午後にカップ麺を買い、町をウロウロしてた男。

「チャリに乗るときは気をつけろよ。相手がおれだからよかったけど、じいさんばあさんなら、とっさに受け身はとれない。打ちどころが悪かったら、死んじゃうかもしんない」

「はい」

「こっちが車だったら、逆にそっちがヤバかった。だから、マジで気をつけねえと」

「はい」

　いかにもなことを言ったな、と思う。説教臭い。これじゃ先生だ。

ということで、話題をかえる。

「ハンダシンタは、何年？」

「五年」

「五年か。学校は、楽しい？」

何だ、その質問。親戚《しんせき》のおっさんかよ。

「普通」

「好きな女子とか、いる？」

「いない」

「ほんとかよ。五年なら、いるだろ」

「ぼくはいない」

おれはいた。常にいた。好きな子が転校したら、すぐにほかの子を好きになった。そんなふうにして、一番好きな子の枠は常に埋まってた。時にはその枠を二つに増やしたこともある。三つに増やしたこともある。

ただ、今は。一時的に保留の状態だ。そう。三日前から。

その現状を再確認するべく、おれは自分の足もとを見る。痛めた右足首を、ではなく、右の靴を。

白い革靴。人工皮革だが、安いわりに高く見えるので、気に入ってた。なのに今は、小指の付け根あたりからのサイドの部分が、黒の油性マーカーで横十センチ縦五センチぐらいの長方形に塗られてる。

といっても、塗ったのはおれ自身。自分でカスタマイズした、ということではない。泣く泣く塗ったのだ。バ〜カ！　浮気野郎！　と万弥《まや》が書きやがったので。

それをしたうえで、万弥はアパートの部屋を出ていった。同棲《どうせい》してた、二間のアパートの部屋をだ。

バ〜カ！　は否定できない。おれの頭はいいとは言えない。大学も中退した。が。浮気野郎！　は否定したい。浮気なんかしてないのだ。いや。したのは昔の話なのだ。もう一年は経ってる。それからはしてない。バ〜カ！　では気がすまなかった万弥が、過去を蒸し返したというだけのこと。

こうして歩くたびに、十センチ×五センチ＝五十平方センチの黒塗り長方形が足もとでチラチラする。どうしてもそちらに目がいってしまう。もとからのデザインに見せるために左の靴も同じように塗ろうかと思ったが、とどまった。対称よりは非対称に芸術を感じたからだ。とはいえ、気になることは気になる。

万弥はおれらのファンだった。おれら。ヒポクラテス・コングロマリット。略称、ヒポコン。

ヒポクラテスは、ヒポクラテスの誓いとかいう医者の道徳規範からきてる。コングロマリットは、複合企業。難しそうな言葉二つをただつなげた。それだけ。名づけたのは園田《そのだ》深《しん》だ。一応、リーダーはやつだったから、バンド名もやつがつけた。意味はない、ただのカッコつけだ、とやつ自身がそう説明した。

ヒポコンは、大学のときに結成した。国文科の二人と英文科の二人、計四人でだ。ヴォーカルのおれとギターの園田が国文で、ベースとドラムが英文。

ライヴをバンバンやり、デモ音源もつくった。映像もネットに上げた。それが評判になり、人気はすぐに出た。今思えば奇跡みたいな話だが、自分たちでチケットをさばくまでもなく、ライヴハウスは満員になった。出てくれとハウスのほうから頼まれたりもした。

いわゆるビジュアル系ではないものの、ルックスのいいバンドではあった。自惚《うぬぼ》れを承知で言うが、ルックスのよさの七十パーセントはおれ由来だった。

曲は園田が書き、詞はおれが書いた。本当は詞も園田にまかせたかった。が、国文科なんだから自分で書けよ、と言われ、しかたなく書いた。

初めはどうすればいいかわからなかったが、じきコツをつかんだ。バンド名と同じ。本来並び立たないはずの言葉をくっつけるだけでそれらしくなる、ということに気づいたのだ。例えば、高邁《こうまい》な残滓《ざんし》、とか、猥雑《わいざつ》な原子、とか。

ヒポコン唯一のヒット曲、というか二枚出したシングルのうちの売れたほう、『果実と熱情』の詞はこんなだ。

熟れた禁断の果実は今　憂いという名の熱を帯び　終わりなき永遠へと向かう

永遠に終わりがないのは当たり前だろ、と園田にはツッコまれた。だがファンの子たちからは評価された。ケントの詞は深い、と。ケントはおれの愛称だ。小峰賢徳《こみねけんとく》だから、ケント。

なかには、詞のあの部分はどういう意味ですか？　などと尋ねてくるコアなファンもいた。そんなときは、こう言ってごまかした。説明はしない。それは自分で考えてほしい。

ヒポコンは、怒濤《どとう》の勢いで突き進んだ。大学三年のときに、デビューが決まった。ライヴを観に来たレーベルのプロデューサーに声をかけられたのだ。君らと契約したい、と。

天にも昇る気持ちで、その日は朝まで飲んだ。ゲロを吐いても飲んだ。それがつまずきの始まりでもあることを知らずに。

おれと園田は大学をやめた。ベースは休学し、プロとしてやってく自信はないと急に弱気になったドラムは脱退した。プロデビューというニンジンが目の前にぶら下がってるのだから、新ドラマーはすぐに見つかった。プロデューサーが見つけてきた。おれらとの相性は今イチだったが、技術はまずまずだったので、受け入れた。

ヒポコンはあっさりデビューし、シングル二枚とアルバム一枚を出した。テレビ番組にも一度出た。うまくいったのはそこまでだ。

その後すぐに、プロデューサーがとんだ食わせ者であったことが判明した。会社の経費を横領してたのだ。一千万単位の額を。

それでも、アルバムが売れてればどうにかなったのかもしれない。が、アルバムは売れなかった。当然だ。まだ誰にも知られてないうえに、そのプロデューサーが妙な理屈をつけて、宣伝費をごっそり削りやがったから。

デビューでいきなりケチがつき、しかも売れなかったという実績を押しつけられたおれらに、引き受け手はなかった。お前らに声をかけたのはあいつ個人、とばかりに会社は知らん顔を決めこんだ。よそのプロデューサーから声がかかることもなかった。

あっさりデビューしてから二年。ヒポコンはあっさり解散した。園田と二人で再起を図りもしたが、わずか二ヵ月で大ゲンカをして別れた。

ファンクラブもあっという間に解散し、ファンサイトはあっという間に閉鎖された。誰も彼もが華麗な引きっぷりを見せた。デビュー後に知り合った者たちは、一人の例外もなく去っていった。デビュー前からの友だちも、多くが去っていった。

万弥だけが残ってくれた。おれにしてみれば、そんな感覚があった。

万弥はおれより三つ下。知り合ったときはまだ十九。ムチャクチャかわいかった。だからライヴに来てくれた何度めかのときに自分から声をかけ、その日のうちに寝た。そして付き合うようになり、同棲するまでになった。

今は某ファミレスの正社員として働いてる。おれより収入は多く、家賃も半分払ってる。おれが払えないときは、全額払いもする。ここ三ヵ月はおれも払ってるが、前の半年は払ってもらってた。その分は借りということにしてある。

ヒポコンが終わったあとも、学生時代のようなバイトはしなかった。自分を安売りするべきじゃない。ここでバイトをしたらマズい。そう思った。それをやったらズルズルいってしまう。今はふんばりどころなのだ。と。

だから、よそのバンドのライヴにゲストヴォーカルで出たり、金にならないイベントにもちょこちょこ出たりした。新バンド結成も目指したが、計画はいつも途中で頓挫《とんざ》した。

ヒポコン貯金、というかたまたま残ってた貯金を、どんどんとり崩していった。ほか弁屋でよく買ってた牛ステーキ弁当は豚しょうが焼き弁当になり、鶏唐揚げ弁当を経て、のり弁当になった。で、ついに家賃も万弥頼み。さすがにヤバいと思いはじめた。

そんなときに、ライヴハウスのオーナーから声がかかった。小峰ちゃん、声優やってみない？　と言われたのだ。誰か声のいいやついないかって、知り合いのプロデューサーに言われてんのよ、と。

声優なんて、考えたこともなかった。同じく声をつかう仕事ではあるが、シンガーとは別物。自分とは無縁だと思ってた。

おもしろいじゃん、いい話じゃん、と万弥は言った。ケントはシンガーなんだからそれ以外のことはしなくていいよ、と言ってくれるのを期待したのだが、あてが外れた。なので自分で言った。おれはシンガーなんだからそれ以外のことをする気はねえよ。そして話を切り上げ、いつものようにセックスに持ちこもうとした。

拒否された。その仕事をやらないならさせない。そう言われた。

万弥は真顔で続けた。

ケントは一発屋にすらなってないんだから、チャンスだよ。完全な一発屋になってたら、声はかけてもらえなかったかもしれない。あきらめないでライヴハウスには出てたからチャンスが巡ってきたんだって、プラスに考えればいいじゃない。こういうのをこなしていけば、またうたでつかってもらえる日がくるかもしれないよ。

ショックだった。言葉がビシビシきた。一発屋にすらなってない。うたでつかってもらえる。まあ、まちがってはいない。おれは一発屋にすらなってない。うたでつかってもらえてない。

ショックは受けつつも。フロ上がりにバスタオル一枚でそんなことを言う万弥にそそられた。おれはこう見えて紳士だから、カノジョとはいえ、いやがるのを無理に、なんてことはしない。万弥だって、それを許すタマじゃない。結論を先送りにするつもりで、おれは言った。やるよ、と。

で、本当にやることになった。こっちがやりたいと言ったところで最後には断ってくんだろ、との軽い気持ちでライヴハウスのオーナーに話したら、翌日プロデューサーから直《じか》に電話があり、すぐに来てくれと言われた。そして簡単な面接やオーディションを経て、都内のレコーディングスタジオに呼ばれた。

初めて名前を聞くアメリカのアニメ映画。のブルーレイ本編に特典映像として付く十五分ほどの短編アニメ。その吹替収録。リハというほどのリハはなく、ぶっつけ本番に近い感じだった。

ストーリーは、旅行気分で地球侵略に来た異星人が予想外の凄《すさ》まじい反撃を食らってスゴスゴ退散する、というもの。その異星人、シンプルトン星人役がおれだった。何と、主役だ。デビュー作にして。

プロデューサーもうるさいことは言わなかった。やっつけ仕事の雰囲気さえあった。だからおれもリラックスしてやれた。アドリブもじゃんじゃん入れた。まったく台本にないことを言ったり、語尾に、んなぁろう、と付けたりした。この野郎、だ。

いや、期待以上。よかったよ、小峰ちゃん。とプロデューサーは言った。勝手に攻めてきといて、暴力はよせよって、あれ、最高！　さすが元ヴォーカルだね。声がいいよ。

元、が気になったが、どうも、と返した。まあ、お世辞だろう、と思ってた。どうせアドリブのほとんどを削っちゃうんだろ？　と。

送られてきた見本を観たら、ほとんどがつかわれてた。んなぁろう、も多くが残ってたし、暴力はよせよ、もそのままだった。

プロデューサーから電話もきた。シンプルトン星人、あちこちで評判がいいよ。ミサイルがぶつかったらケガすんだろ！　ってとこ、みんな、大ウケ。

さらにこうも言われた。小峰ちゃん、もう音楽のほうで事務所に所属してはいないんだよね？　声優の事務所を紹介するからさ、また次も頼むよ。

次、はゲイの格闘家役だった。決めゼリフはこれ。わたしの寝技から逃れた者はいないのだよ。マットでもベッドでもね。

その話を万弥にするかどうかは、すごく迷った。結果、まだしてない。すれば、まちがいなく、事務所を紹介してもらえと言うだろう。何せ万弥は、デビュー作だけで大喜びしてたのだ。このシンプルトンてどういう意味？　と尋ね、わからないとおれが答えると、すぐにネットで調べて報告した。バカ、まぬけ、だって。ケントにぴったり。はまり役じゃん。

で、そのあとに、こうきた。

「ねぇ、ケント」

「ん？」

「できた」

「何が？」

「子ども」

「あ？」

「来るものが来ないから、検査薬で調べたの。陽性だった」

「うそだろ？」とおれはあわてて言った。「そんなはずねえよ。いつもゴムつけてるだろ。なしでしたことは一度もねえよ」

「コンドームだって百パーセントじゃないんだよ。説明書にもそう書いてある」

「にしたって、それはねえよ。お前、ほかの誰かとやったんじゃねえか？」

「は？」

「浮気したんじゃねえか？」

「で、何、ほかの男とのあいだにできた子を、ケントの子として産むわけ？　本気で言ってるなら怒るよ。わたしが本気で怒るよ」

そう言って、万弥はおれを見た。そして、続けた。

「なぁんてね」

「え？」

「何よ、ビビっちゃって。さすが小心者だね。何あれ。ゴムがどうとか」

「うそ、なのか？」

「バカみたい。みっともないなんてもんじゃないわよ」

ムカついた。心底ムカついた。そのうそだけはダメだろ。一年前の浮気の報復だとしても、絶対にダメだろ。

「出てけよ」とおれは言った。

「は？」

「もういいよ。出てけ、今すぐ」

「何言ってんの？　あんたが出ていきなよ。わたしだって家賃を払ってるんだから」

「じゃあ、出てく。けど一時間で戻る。それまでに出てけ」

そんな安い捨てゼリフを残し、おれはアパートの部屋を出た。スウェットの上下にサンダル履きで。スマホと玄関のカギだけを持って。

怒りにまかせて、くねくね曲がる道を歩いた。右へ左へと歩いた。

だが怒りが続いたのも、せいぜい二十分だった。財布を持って出なかったことを後悔した。コンビニで買い食いもできない。私鉄の四葉駅前にある牛丼屋にも行けない。サンダル履きなので、足の指が痛くなった。一時間と言ったが、計画を変えることにした。四捨五入ならぬ二捨三入。半分の三十分を過ぎたら、一時間と見なしていいだろう。

帰ったら、テキトーなことを言ってセックスに持ちこむつもりでいた。こちらが譲歩の姿勢を見せれば、万弥も謝るだろう。求めにも応じるだろう。ケンカのあとのそれで、互いに燃えたりもするだろう。おれがきらいではないように、万弥も決してきらいではないから。

目論見《もくろみ》は外れた。アパートに戻ると、万弥はいなかった。本当に、出ていったのだ。

玄関の三和土《たたき》に、今履いてる白い革靴が横向きにぽつんと置かれてた。バ〜カ！　浮気野郎！　の文字がいきなり目に入った。上がりかまちには黒の油性マーカーも置かれてた。これで書いてやったわよ、という感じに。

部屋からは、おれのデカいドラムバッグがなくなってた。万弥の衣類もなくなってた。たぶん、バッグに詰めていったのだ。ヤラしいが、念のため、通帳の類《たぐい》も確認した。それはなくなってなかった。なくなってたのは、万弥名義のものだけだ。

一人、部屋の真ん中に立ち、つぶやいた。おい、マジかよ。ほんとに出てくって、何だよ。

それが、三日前だ。

出てけと言った手前、今も連絡はしてない。したいが、してない。

で、カップ麺を買いに出たら、チャリに突っこまれたわけだ。

ハンダシンタ、小五。まさか万弥が送りこんできたヒットマンだったりしないだろうな。

「なあ」とチャリのハンダシンタに言う。「女子とはうまく付き合ったほうがいいぞ。というか、女子は大事にしたほうがいいぞ。何だかんだで、お前をたすけてくれるのは女子だからな。お前のことを真剣に考えてくれるのも女子だからな」

こいつは何を言いだすのか、という目で、ハンダシンタがおれを見る。

「女子はいいぞ。そいつがエロかったりすると、特に」

「女子はいやだよ。いちいちうるさいし」

「いちいちうるさいぐらいがいいんだって」

「変な理屈とかも言うし」

「まあ、それは言うな」とやや納得。「けどさ、たぶん、向こうもそう思ってんだよ。男子はアホな理屈を言うって」

「ここ」

「ん？」

「家」

「あぁ。そうか」

おれが住んでるのと似た、二階建てのアパートだ。一階に二室、二階に二室。計四世帯が入居できる。

ハンダシンタは屋根付きのチャリ置場にチャリを駐め、一〇二号室へ向かう。

おれも続く。

カギを持ってないからなのか、おれがいるからなのか、ハンダシンタはインタホンのボタンを押す。

ウィンウォーン。

「はい」と女の声がする。

「ぼく」

「おかえり」

プツッ。

そしてなかからドアが開く。顔を出すのは、三十代半ばぐらいの女だ。少しも染めてない黒髪にべっ甲メガネ。小五の母にしては若い。息子の横にいるおれを見て、驚く。正確に言えば、ぎょっとする。

「どうも」とおれが言い、

「どうも」とハンダシンタ母も言う。

「突然すいません。ちょっと用がありまして」

「はい。何でしょう」

「えーと」

何も考えてなかった。どう切りだせばいいだろう。

ハンダシンタ母が、息子に目をやって、言う。

「シュンタが、何かしてしまったんでしょうか」

「え？」

シュンタ？

横を見る。ハンダシンタであるはずの小五男子が顔を伏せる。おれのことも母のことも見ない。

何となく事情を理解する。そうか。ハンダシンタはハンダシュンタだったのか。つまり、偽名をつかったわけだ。名前を訊かれた時点では、おれが家に来ると思わなかったから。

そしておれは。自分でも意外なことを言ってしまう。

「いや、あの、そうではなくてですね」

「じゃあ」と、ハンダシンタ母改めハンダシュンタ母。

「えーと、シュンタくんにたすけてもらったんですよ」

「たすけた？」

「ええ。おれが、じゃなくて僕が、道ですっ転んだんですよね。そのときに足首をひねったみたいで、すぐには立てなくて。そしたら、だいじょうぶですかって声をかけてくれて。たすけ起こしてくれたんですよ」

「シュンタが」

「はい。で、親御さんにお礼を言おうと思って。ノコノコ来てしまいました」

動機としてちょっと弱い。だから付け加える。

「正直に言っちゃうと。湿布薬なんかをもらえたらもっとたすかるなぁ、とも思いまして。図々《ずうずう》しくて、申し訳ないんですけど」

「湿布薬ですか。それは、ないですね。塗るタイプの薬ならありますけど」

「あ、いいですいいです。もしあればと思っただけで。お礼を言うほうがメインなんで」

「塗り薬、差し上げましょうか？」

「いや、だいじょうぶです。すいません。余計なことを」

塗るタイプの薬。液が染み出るあのスポンジ部分を他人の肌に触れさせるのはいやだろう。もうつかえなくなる。おれにくれてやるしかなくなる。

「とにかく、たすかりました。ありがとうございました。ほんと、よくできたお子さんで」

「いえ、そんな」

「と、それを言いに来ただけなんで。じゃあ、帰ります。突然押しかけてすいませんでした」そしてこんなことも言ってしまう。「あの、別におれは、じゃなくて僕は、おかしなやつじゃないですから。住所つきとめてどうとか、そういうんじゃないですから。マジで。いえ、ほんとに」

ハンダシュン〃母がおれをじっと見る。

かえって不安にさせてしまったか、と思う。

「ひょっとして、ケントさん、じゃないですか?」

「はい?」

「えーと、ヒポコンの」

「まあ、はい」

「やっぱり。お顔を見た瞬間、あっと思いました」

「あぁ」としか言えない。

「今もやってらっしゃるんですか? バンド」

「いえ。解散しました。とっくに」

「そうなんですか。わたし、かなり好きでしたよ。『果実と熱情』、よかったです。テレビに出てたのも見ました」

テレビには一度しか出てない。その一度を、見てたのか。見られてたのか。

「歌詞にインパクトがあって、カッコいいなぁ、と思いました。でもそのあと、こう言っては何ですけど、あまりお見かけしなくなって」

「いろいろあって、すぐに解散しちゃったんで」

「音楽は、まだやられてるんですか？」

「やってます。やってるとは言えないくらい、地味〜に」

「じゃあ、また聴けるかもしれないですね」

「うーん。どうなんでしょう。可能性は、低いですかね」

「でもよかったです、お会いできて。ほんと、びっくりしました。ツイてましたよ。わたし、図書館に勤めてて、今日しかお休みがないので」

図書館。だから月曜か。金がないおれもたまにミステリー小説なんかを借りるからわかる。図書館は基本、月曜休館だ。

幸か不幸か、そこでこのハンダシュンタ母と顔を合わせたことはない。おれが利用するのは小さな分館。ハンダシュンタ母は大きな中央図書館にいるのかもしれない。

「とにかく、ありがとうございました」そして名前をまちがえないよう、慎重に言う。「じゃあな。えーと、シュンタくん」

一礼して、立ち去る。背後で静かにドアが閉まる。

参った。まさかこんなとこにヒポコンを知ってる人がいるとは。まさかこんな形で出くわすとは。治療費がどうのなんて、言わなくてよかった。

少し歩いたところで、今度はドアが開く音が聞こえてくる。走ってくる音が続く。

振り向く。

ハンダシュンタだ。

立ち止まる。

ハンダシュンタも立ち止まる。

「どうした？」と問いかける。

返事はない。

「何だよ。何か用か？」

「ぼく、たすけてない」

「あぁ。その辺は、もういいや。足首の痛みも治まったし」

「ほんと？」

「うそ。まあ、何日かすれば治んだろ。心配すんな。あとでまた訪ねてきて、実は骨折してました、なんて言わねえよ。と、そんなことよりも。シンタって誰だ？ 友だちか？」

「じゃない。お父さん」

「マジかよ。父ちゃんの名前をつかうのはマズいだろ。バレる可能性も高まる」

「だいじょうぶ。もう住んでないから」

「ん？」

「お父さん、出ていった。今はお母さんと二人」

「あぁ、そうなのか。えーと、離婚したのか？」

「そう」

「ハンダってのは、どっちの名字？」

「お父さん」

何だ。ハンダシュンタですら、ないのか。偽名をつかわなきゃ、となったとき、ついなじみの名前が口から出てしまったわけだ。ぽろりと。

「親が離婚してっと、いろいろ大変だよな。わかるよ。おれもそうだったから」

ハンダシュンタ改めただのシュンタが、ちょっと驚いた顔でおれを見る。

Tシャツの胸にプリントされた英単語。そのなかに、crash！があるのに気づく。クラッシュ！衝突！つい笑いそうになる。どうにかこらえて、言う。

「そんならさ、お前はなおさら女子を大事にしろよ。大事にしといて損はないから。母ちゃんを見ればわかんだろ？結局、自分の味方になってくれんのは女子なんだよ。すべてのものごとは女子に始まり、女子に終わるんだよ」

「お母さんも、女子？」

「女子だろ。三十でも四十でも、五十でも六十でも、女子は女子だよ。変な理屈を言ったりもするけど、花を飾ったりもしてくれる。硬〜いおれらを、何だかやわらかい感じにしてくれる。ちがうか？」

「ちが、わない」

「こうやって出てきてくれただけで充分だ。お前はやるべきことをやったよ。母ちゃんには、ほんとのことを言わなくていい。むしろ言わないでくれ。おれがすごくいいやつみたいで、カッコわりいから。頼むな」

「うん」

「もう戻れ。早く戻らないと、母ちゃんに変に思われる」

「じゃあ」

「またな。いや、またはねえか。そんじゃな」

シュンタが振り返り、一〇二号室に戻っていく。胸のcrash！が見えなくなる。

おれも自分のアパートに向かって歩きだす。

やっぱ足首痛《いて》ぇな、と思う。マッキヨで湿布薬を買わなきゃダメかな。けどあれって、ただスースーするだけで、効いてるかどうかよくわかんねえんだよな。

やがて四葉中学校のわきを通りかかる。たぶん、いずれシュンタも通うことになる学校だ。

午後四時すぎ。三階の音楽室と思われるあたりから、各楽器の音が洩れてくる。ブラバンの練習音、というかウォーミングアップ音だ。それらが重なり合って、高尚なフリージャズに聞こえる。音だけを聴かされて、後期のアルバート・アイラーです、なんて言われたら、あっさり信じちゃうだろう。

苦笑する。まあ、おれの耳なんてそんなもんだ。

冷静に判断して。おれの声はいい。おれはうたもうまい。プロデビューしたくらいだ。そこは自信がある。だが園田とちがって、詞や曲をつくる才能はない。音楽を生む才能は、残念ながら、ない。それは認めるしかない。

シンプルトン星人になり、暴力はよせよ、と言ってみて、楽しかった。ミサイルがぶつかったらケガすんだろ！　というセリフは、自分でも笑った。シンプルトン星人と同化した感覚があった。バカまぬけ星人を、内側から操れた感覚があった。

声優。ミュージシャンよりも競争は熾烈《しれつ》かもしれない。

でも、まあ。やってみっか。

わたしの寝技から逃れた者はいないのだよ。マットでもベッドでもね。

最低だが最高のセリフだ。おれならうまく言うだろう。何なら、うたよりもうまくこなすだろう。

来月には二十九歳になる。三十は目前だ。青春も終わり、ということかもしれない。遅いけど。

髪、もう切るかなぁ。切って、黒に戻すかなぁ。染めんのに金がかかるし。ケアも結構大変だし。

そんなことよりも何よりも。まずは万弥に電話だな。出てくれないなら、留守電にメッセージを残す。

よく考えてみたら。万弥は、なぁんてね、と言っただけ。うそだとは一言も言ってないのだ。

パンツの前ポケットからスマホを取りだす。

シュンタとのクラッシュでこいつが壊れなくてよかった。壊れてたら、万弥と連絡がとれなくなるとこだ。

ふうっと息を吐く。電話をかける前に、まずは予行演習をする。

「もしもし。おれ。万弥さ、もしかして、ほんとにできちゃったんじゃないのか？」

君を待つ

待っている。

もうすでに長く待ったが、まだまだ待つつもりでいる。

僕は君が好きだ。

だから、君を待つ。


始まりは卒論だった。僕が通っていた都内にある私大の、卒業論文だ。

提出の締切時刻は正午。一秒でも過ぎたら絶対に受けとってもらえないと聞いていた。

それが事実だとの認識もあった。

にもかかわらず、勤勉な学生ではなかった僕の卒論作成は遅れ気味だった。

これは卒論に限らない。レポートでも何でもそうだ。提出期限が二週間先なら、まず十日は何もしない。残りの四日でどうにかなるだろうと考える。結局は、最後の二日でどうにかする。そんな具合で、いつも何とか乗りきっていた。

だが卒論となると、そうもいかない。一ヵ月はかけた。といっても、十ヵ月前からわかっていての一ヵ月だから、愚か度はそう変わらない。むしろ、ひどい。最後の一週間は、本当に必死だった。寝て起きて卒論、寝て起きて卒論、をくり返した。最終日はついに、寝ないで卒論、になった。内容をまとめきれていなかったので、何と、提出日当日になってから、清書を始めたのだ。

インスタントコーヒーを何杯も飲み、ひたすらパソコンのキーを打ちつづけた。まさに時間との戦い。さすがに後悔したが、こんなこともこれで終わりなのだ、これでこの手の苦役からは解放されるのだ、という先への期待感に後押しされてもいた。

そしてどうにか原稿を仕上げ、通算で十杯めにはなるであろう勝利のコーヒーを一気飲みして、アパートを出た。

そこで初めて、電車、遅れるなよ、と思った。交通機関の遅延が原因なら、締切時刻を過ぎても受けとってもらえるのだろうか。いやいや。そのために受付期間を三日設けているのだから無理だろう。

幸いにも、その日は晴れていた。真冬だから寒いことは寒いが、快晴。強風も吹いてない。とはいえ、路線のどこかで人身事故が発生しないとも限らない。僕はいつものように、駅への道を走った。

徒歩なら十分。走れば七分。全速力でずっと走りつづければ五分。たいていは、七分コースになる。あと一分でも早く出られれば少しは楽なのだが、何だかんだで、いつもぎりぎりになってしまう。

それまで、乗れると自分で判断した電車に乗り遅れたことはなかった。無情にも目の前で電車のドアが閉まった、などということは一度もなかった。

が。

肝心なときにそうなった。僕は電車に乗り遅れたのだ。

いつもの七分コースを五分コースに変更しなければならないことは、途中でわかった。もちろん、変更した。ゼーゼー言いながらも、さらに足を速めた。

改札を通ったとき、すでに発車を告げる電子音のチャイムが鳴っていた。その程度のことなら過去に何度もある。まだ間に合うだろうと思った。が、そこからの加速がなかった。徹夜の影響だ。

あえぐようにホームに出た。

無情にも目の前でドアが閉まった。

え？　と思った。

電車はスルスルと動きだし、あっさり行ってしまった。絶対に逃してはならない、午前十時五十五分発の上り電車だ。

きょとんとし、ぽかんとした。

ホームをフラフラと歩いて、発車時刻表を見た。十分後に次が来る。それではもう間に合わない。そんなことは初めからわかっていた。

タクシー？　考えるまでもない。無駄だった。深夜ならともかく、その時間。都内に

向かう電車をタクシーが追い越せるわけがない。

ほんとに？　と思いつつ、僕はベンチにちょこんと座った。そしてそのまま呆然とし

つつ、十分後にやってきた電車に乗った。

その電車が、次の次の駅で、止まった。各駅停車だからすべての駅に停まるのだが、

そういう停まり方ではない。懸念していた事故で止まったのだ。前を行く電車、僕が乗

るはずだった電車の事故で。

結果、卒論は提出できなかった。事故の処理が終わるのを待ち、二時間遅れで教務課

の窓口に行ってみたが、受けとってもらえなかった。事故のことを説明してもダメだっ

た。だから受付期間を三日設けてるんですよ、と、予想どおりのことを言われた。落胆

し、初めて昼間から一人でビールを飲んだ。

翌日の新聞で事故の記事を読み、僕は再び呆然とした。電車に乗り遅れてホームで呆

然とした前日以上に、呆然とした。

事故は、思ったよりずっとひどいものだった。

遮断機が下り、警報音も鳴っていた踏切に、居眠り運転と思われる普通自動車がノー

ブレーキで突っこんだという。もう少しタイミングが早ければ電車の前を通過していた

可能性もあったが、遅かった。車は先頭車両に横から突っこんだ。一番前のドア付近だ。

車の運転手と、電車の乗客の一人が亡くなった。

乗客は、先頭車両のこれまた先頭、一番端の右側に座っていたらしい。

僕が呆然とした原因がそれ。

そこは、いつも僕が座る席なのだ。

どうにかぎりぎり電車に乗れたときでも、僕は歩いて車両を移り、その席に座る。乗換に便利とも言えないその席なら、ほぼ座れるのだ。しかもその時間帯なら、まちがいなく座れる。

実際、その電車に乗れていたら、僕はそこに座っていたはずだ。僕がいなかったから、空いていた席にその人が座ったのだと思う。

事故の記事を読んで、前日からの落胆はうやむやになった。ツイているのかいないのかがわからなかった。

いや。まちがいなく、ツイていた。

だが実感がなかった。現場に居合わせたわけではない。リアルタイムで事情を知ったわけでもない。昨日までと同じ生活が、今日も続いているだけだ。生き残った感じはしない。卒論が提出できたわけでもない。何も変わってない。

ただ。事故は現実に起きている。人が亡くなっている。僕は生きている。あれこれ考えながら、カップ焼きそばを食べている。

そう。新聞の記事を読んだときに自分がカップ焼きそばを食べていたことを、今も何故か鮮明に覚えている。湯切りに失敗して流しに半分ほど落ちた麺をカップに戻して食べたことまで、セットで覚えている。

卒論の未提出。当然のことながら、留年が決まり、内定は取り消された。怒鳴られはしなかったが、呆《あき》れられた。

あなた、何をしてるんですか。と、会社の人事担当者には言われた。

事故のことは話さなかった。話したところで、結果は動かない。余裕をもって提出しないことが問題なんですよ。そう言われて終わりだろう。自身の無能ぶりをかえってさらけ出すようなものだ。

自暴自棄になりかけたが、大学はやめなかった。卒論の提出に失敗してから一年後、今度は受付期間の初日に提出して、僕は大学を卒業した。

就職先は、大手不動産会社から小さな地ビール会社へと替わった。留年したことで自身の価値を大きく下げたせいだ。あんな大変なことをもう一度やるのかと、就職活動そのものに身が入らなかったせいでもある。

一応、新卒とはいえ、風当たりは強かった。面接では、留年の経緯を根掘り葉掘り訊かれた。うそはマズいと思い、事実を話した。今年はだいじょうぶでしょうね、と言われた。言われたうえで、選考には落とされた。

大手に嫌気がさし、行き着いたのが蜜葉ビールだった。もうどこでもいいや、と思った。ビールは好きだし、会社もアパートに近いからいいや、と。

新卒の人が応募してきてくれるとは思わなかったよ。と高中《たかなか》社長は言った。あくまでも中途採用のつもりでいたのだそうだ。

逆にいいんですか？　と訊いたら、ウチも新しい会社だから若い人は大歓迎、との答がきた。じゃあ、お願いします、と勢いで言ってしまった。

すぐに内定が出た。

どうせ辞退されるんだろうと思ってたよ。と、入社後に社長は言った。笑顔で。

蜜葉ビールは蜜葉市四葉に事務所を置く地ビール会社だが、醸造自体はよそへ委託している。社員はわずか四人だ。

大手のビール会社をやめてその蜜葉ビールを興した四十代の高中社長。同じく大手をやめて入社した、僕より二歳上の深見《ふかみ》さん。やはり二歳上の西川那美《にしかわなみ》。そして僕。四人。

つまり、僕はその蜜葉ビールで那美と知り合ったわけだ。

小さな会社だけに、仕事は大変だったが、やりがいはあった。

高中社長は原料の調達だの商品のPRだので走りまわり、営業の深見さんは取扱店を一軒でも増やすためにこれまた走りまわった。那美は事務所をまかされ、ホームページだの通販だののあらゆる管理業務を担った。

僕は、初めの一ヵ月は深見さんにつき、そのあとはもう一人であちこちの店をまわった。まずは地元の蜜葉市から始め、少しずつ範囲を市外へと広げていった。大小を問わず、アルコールを扱う店はすべてまわった。販売店も、飲食店もだ。

給料は安かったが、働いている実感があった。

たとえ新人であろうと、四分の一。背負うものは大きかった。失敗も大きいが、成功も大きい。何かを動かせているという確かな感触があった。

あのまま大手不動産会社に入っていたとして、それを得られていたかどうかはわからない。あるいは二、三年で退職していたかもしれない。

と、無理にでもそう考えた。そう考えるしかなかった。


那美のことは、初めから気に入っていた。ほとんど一目惚れだ。

といっても、外見だけに惹《ひ》かれたわけではない。もちろん、黒髪で色白で細身、というその外見にも大いに惹かれたが、二、三、言葉を交わすだけで、あぁ、この人とは合うな、とわかったのだ。

まず、那美には歳上ぶったところがなかった。実際に歳上なのに、なかった。歳下の僕を、転校してきたクラスメイトででもあるかのように迎えてくれた。わからないことがあったらわたしに訊いてね、とは言わなかった。一緒にやっていこうね、という感じだった。

新人の僕にでさえ、敬語で話した。尊敬語というよりは丁寧語。西川さん、営業でつからクリアファイル、ありますか？　と僕が尋ねる。あるよ、ではなく、ありますよ、と答えてくれる。でも堅苦しくない。よそよそしくない。そんな感じだ。ぞんざいではない。丁寧。

一日外まわりをして事務所に戻ってくると、おつかれさまです、と声をかけてくれる。その語尾にも毎回きちんと、です、が付く。自然に付く。気持ちがやわらかくほぐれる。営業先でどやしつけられていたとしても、その一言でほぐれる。

一目惚れが本惚れになるのに、さして時間はかからなかった。

とはいえ、僕も慎重派。すぐに動いたりはしなかった。まったく動かないこともなかったが、外まわりの際に見かけた珍しいお菓子をおみやげに買って帰るとか、持っていたＣＤやＤＶＤを貸すとか、動きはせいぜいその程度にとどめた。

何せ、たった四人の会社。

そのうちの一人、しかも一番の下っ端が、唯一の女性に声をかけるというのもどうなんだ。そんな思いは拭《ぬぐ》えなかった。

気持ちを打ち明けて受け入れられなかった場合、そのあとが気まずいことになる。そんな思いも拭えなかった。

どちらかといえば、強かったのは後者だ。初めが卒論で、次が色恋。そんな理由で二度も職を手放すわけにはいかない。

ただ、そうは言っても、募る想いがそれで霧散するわけでもない。

入社二年めの秋だったと思う。

外まわりから戻ると、那美がいつものように、おつかれさまです、を言ってくれた。おつかれさまです、と返し、いやぁ、今日は夏以降、初めて冬の気配を感じましたよ、これからはもう寒くなる一方ですね、と付け加えた。

社長と深見さんは直帰だそうです。と那美は言った。だから、一緒に出て、もう閉めちゃいましょう。

一緒に出て、という言葉が耳に残った。もちろん、那美が何らかの意図を込めて口にしたわけではない。僕の耳が勝手にその言葉をとらえ、引き止めただけだ。

あの、西川さん。と、今度は口が勝手に動いていた。飲みにでも、行きませんか？

ごめんなさい。わたし、お酒はあんまり。

あぁ。そうですか。

那美がお酒に強くないことは聞いていた。それを理由に断られたのだと思った。ちがった。

那美は次いでこう言った。

でもご飯なら。

ほんとですか？　行きましょう。お酒と言っちゃいましたけど、僕も、要するにご飯のつもりで言ったんです。

わたしが飲まなきゃすむ話だから、飲み屋さんでもいいですよ。というか、飲み屋さんにしましょう。ウチのビールが置かれてるお店。飲めないわたしも、ちょっとは売上に貢献しないと。

ということで、私鉄の四葉駅前にあるバー『ソーアン』に行った。

ロックを流すバーだが、騒々しい店ではない。古いロックを、会話の妨げにならない程度の小さな音で流す。

その狭い店のカウンター席で、ピザとパスタを頼み、分け合って食べた。

僕は、発売されたばかりの自社製品、四葉スタウトを飲んだ。上面発酵の、黒っぽいビールだ。わかりやすいところで言えば、ギネスに近い。

自分で提案したからと、那美も、同じ四葉スタウトを一杯だけ飲んだ。あ、ちょっとおいしい、と笑った。たくさんは飲めないけど、おいしいことはわかる。

那美が本当にお酒を苦手としていることを知った。少しはポーズの意味合いもあるのかと思っていたのだ。深見さんや僕に気軽に誘われないようにするための、ポーズ。

冗談めかしてそう言うと、那美は驚き、そして笑った。

そんなぁ。考えすぎですよ。わたし、そもそも誘われない。社長にも深見さんにも、誘われたことないです。

タメ語と丁寧語の入り交じりぶりが心地よかった。

社長も深見さんも、気をつかって誘わないだけだろう。まあ、独身の深見さんはともかく、既婚者の社長が誘ったらマズいが。

お酒が苦手な人でもちょっとおいしいと感じるんだから、四葉スタウトはやっぱりおいしいんですよ。ほんと、いいビールです。これなら自信を持って売れますよ。

そんな若々しく青々しいことを、僕は那美に言った。

ほかにも、いろいろな話をした。

僕が入社した年の前年の六月に那美が中途で蜜葉ビールに入ったことは知っていた。その前に勤めていた会社の名前を聞いて、驚いた。かなり有名な食品会社だったからだ。

すごいですね。と素直に感心した。大手じゃないですか。

すごくないですよ。こうしてやめてるわけだし。

僕が内定をもらった会社も、一応、大手ではありましたけど、結局、入れませんでしたからね。

それを聞いて、那美は笑った。笑みは笑みだが、どこかいたわりを感じさせる、優しい笑みだ。

那美が会社をやめた理由は訊かなかった。そうするのは立ち入りすぎであるような気がした。

だがこちらならいいだろう。訊いた。

お酒が苦手なのに、どうして次はウチに？

歩いて通えるところだったから。

そんな理由ですか？　と、冗談のつもりでそう言った。

冗談ではなかった。

本当に、それが理由だったのだ。

くわしく聞いて、驚いた。驚いた、ですむレベルではなかった。まるで、なかった。何と、那美はあの電車に乗っていた。僕が乗り遅れた、あの日のあの電車に乗っていたのだ。しかも先頭車両。踏切で横から車に突っこまれた、先頭車両。

那美は二両め寄りの座席に座っていたが、それでも事故の衝撃はかなりのものだったという。実際、座席から投げ出され、右手首を骨折した。

平日の午前十時。いつも乗っている電車ではあったが、いつも乗っている時間ではなかった。那美は有休をとり、たまたま都内に出かけるところだった。僕と同じ理由で、いつも先頭車両に乗ることにしていたのだそうだ。

衝撃は、いきなりきた。悲鳴を上げるどころか、声を出す間もなかった。ガツンときた次の瞬間にはもう、車両の床に両手両ひざをついていた。

やや遅れて、骨折した右手首に痛みがきた。そこでやっと声が出た。うめき声だ。亡くなった人の姿も見た。見てしまった。これで生きているわけがない。一目でそうとわかる状態だった。そこでは悲鳴を上げた。

忘れられない、と言う。これ以上は話したくない、と言う。

実際、そこまで話してくれたのは、その電車があの電車であったことに、途中で僕が気づいたからだ。もしかして、と僕が言い、やはり忘れられないという事故の日付を那美が口にした。そして、どうにかそこまで話してくれたのだ。

手首の骨折は、そうひどくなかった。それは二ヵ月で治った。

が、事故のあと、那美は電車に乗れなくなった。

しばらくは乗っていたものの、じき、体に震えがきて、冷や汗をかくようになった。やがては、気分が悪くなり、目まいの症状が出るまでになった。それでも我慢して乗りつづけたが、下車して駆けこんだ駅のトイレで嘔吐《おうと》するに至り、無理を悟った。

そんなわけで、会社に行けなくなった。行くには、徒歩か、せめてバスで行ける範囲に部屋を借りるしかなかった。そのバスも、長時間乗るのは無理だった。やはりどこからか車が突っこんでくるような気がした。できれば乗りたくなかった。

那美は県内にある国立大を出たあとも四葉のアパートに住み、そこから通勤していた。会社があるのは都内も都内。中央区《ちゅうおう》。とてもじゃないが、まだ二年めの社員に、近場で部屋を借りる余裕はなかった。

しかたなく、那美は会社をやめた。苦労して入った大手食品会社を、わずか二年でだ。一身上の都合。まさにそのとおりだった。

次の勤め先を、急いで、だが慎重に探した。電車に乗らずに行けるところ。バスで十分程度で行けるところ。転勤がないところ。引っ越しをせずにすむところ。

結果、蜜葉ビールが浮上した。お酒が苦手だとか、そんなことは言ってられなかった。面接した高中社長にも、すべての事情は明かさなかった。隠したかったわけではない。

まだ事故のことに触れられなかったのだ。

訳ありとは思ったようだが、社長も突っこんだことは訊かなかった。君が本気で取り組んでくれるなら採用したい、と言った。那美の労働力としての資質を見抜いたのだろう。

そんな流れで、那美は蜜葉ビール三人めの社員になった。

そして、その後四人めとなる僕と知り合うのだ。

話を聞いて、何とも言えない気分になった。

奇妙な偶然を喜べない。何と言っても、人が亡くなっている。那美は電車に乗れなくなっている。僕は内定を取り消されている。

いや、最後の一人、僕に関しては、自分のせいだ。むしろ僕はいい目を見ている。見てしまっている。

それでも、不思議な高揚感があった。四葉スタウトによる酔いのせいではない。昂《たかぶ》りつつも、気持ちは落ちついている。締まっている。

たまたまあの電車に乗れなかった僕と、たまたまあの電車に乗ってしまった那美。そのまま会うこともなかったはずの二人。会ったところで、お互いの事情を知る可能性はかなり低かったはずの二人。

同じ電車に乗り合わせたわけではないから、偶然何かが起きた、という感じでもない。何かは起きてない。あとで線がつながっただけだ。つながっていたことに気づいただけだ。その気づけたことが偶然だとは、言えるかもしれない。

あの日、僕は幸運にも死から遠ざかり、那美は不運にも死に接近した。目に見える限りでは、そうだ。

だが死との距離は、それだけでは測れない。死んでいた可能性は、那美よりも僕のほうが高かったと言うこともできる。電車に乗れていたら、僕はほぼまちがいなく一番端のあの席に座っていたのだから。

いや、わからない。コンマ数秒遅かったら、車は那美が座っていたあたりを直撃していたかもしれない。

考えだすときりがない。本当に、わからない。

立っている位置が五十センチ横にずれただけで、人は死ぬ。至るところにある狭い通りで、車は人の五十センチ横を、かなりの速度で走り抜けていく。それでも人は、その車に背を向けて歩ける。運転手が誤ってハンドルを十センチ左に切るだけではねられるとわかっているのに、歩ける。と今は言っている僕自身、そんなことはすぐに忘れ、また狭い通りを歩く。

ともかく。

那美も僕も、生きている。

そして、どうにか知り合った。

知り合えたその偶然を大切にしたい、と思った。そう思ったことで僕が背中を押されたのは確かだ。

三杯めの四葉スタウトを一口飲んで、僕は言った。

ずっと前から好きでした。付き合ってください。

那美は大いに驚いた。が、一杯めの四葉スタウトの最後の一口を飲んで、言った。

わたし、すごく不便ですよ。電車に乗れないから。


那美は体が弱かった。見た目以上に弱かった。

母親も弱かったらしい。現に、那美を産んだ直後に亡くなっている。

お酒に弱いだけでなく、那美は乗りものにも弱い。あの事故のことを抜きにしても、初めから弱い。小中学生のときは、それを理由に、バス遠足に行かなかったりもしたらしい。

バスは一番後ろの席が酔いやすいとか、逆に一番前が酔いやすいとか、タイヤの上の席が酔いやすいとか、いや補助席こそが酔いやすいとか、いろいろな説があるでしょ？　と那美は言う。どの席も何もない。酔う人は、どの席でも酔うの。

強い弱いで言えるようなところはすべて弱い。それが那美だ。血液中のヘモグロビン濃度は低い。血圧も低い。数値という数値が一様に低い。実際、疲れやすいし、それでいて、常に不眠気味だ。これまた小中学生のときの朝の全校集会では、よくバタンと倒れていたらしい。

倒れちゃいけない倒れちゃいけないって思うのね。倒れるくらいなら自分からしゃがもうって。と那美は言う。で、あぁ、気持ち悪いな、いつしゃがもうかなって思うでしょ？　気がついたら、もう倒れてるの。周りの子たちがわたしの顔を覗《のぞ》きこんでて、その先に体育館の天井が見える。

那美は骨格も華奢《きゃしゃ》だ。骨自体がもろく、総数も少ないんじゃないか、と思わされる。電車の座席から投げ出されてよく手首の骨折だけですんだな、とも思わされる。非力な僕が抱きしめただけでケガをさせてしまうんじゃないかと、いつも不安になる。

色も白い。クリームがかった白さではない。よく言えば透き通るような白さだが、悪く言えば青白い。肌も弱いから、日焼けもできないという。すぐに赤くなり、ヘタをすれば水ぶくれになってしまうのだそうだ。

メンタルも、決して強くない。どちらかといえば、ものごとを悲観的にとらえるほうだと思う。だがこれはしかたないだろう。同じ車両に乗っていた人が亡くなった。遺体まで目にしている。自身、電車に乗れなくなっている。職を失ってもいる。それでも楽観的であれと求めるのは、あまりにも酷だ。

那美自身、努力してはいる。笑おうと努める那美を見ていると切なくなる。その笑顔が愛《いと》しくなる。抱きしめたくなる。実際、抱きしめる。力は込めず、こわごわと。

デートは、徒歩で行ける範囲か、バスで十分で行ける範囲で、にした。一緒にいてくれればもうちょっと長く乗っても平気だよ、と那美は言ったが、無理はさせなかった。

それでも、市内の人工海浜や植物園には行けた。僕自身、人が集まる繁華街はあまり好きではないから、ちょうどよかった。

デートのあとは、那美のアパート、フォーリーフ四葉で、映画のＤＶＤを観て、那美の手料理を食べた。

那美は軽めのコメディが好きだった。暗い人は明るいものが好きなの、と笑った。那美がおもしろいと言うものは、たいていおもしろかった。いかにも女性向けといったものばかりでないところもまたよかった。

そして那美の手料理は、何でもおいしかった。ひいき目に見ているのではない。事実、おいしいのだ。肉でも魚でも野菜でも、那美は大した手間をかけずにおいしくすることができた。基本は薄味なのだと説明した。やり過ぎないことなのだと。食材にも調味料にも味がある、その味と味をかち合わせないようにすることなのだと。

深いね、と本気で感心すると、その程度のことを深いと言っちゃうなんて浅いよ、と笑われた。

笑われているのに、うれしかった。那美が自分の目の前で笑っていることがうれしかった。

こんなことが続けばいいのに。

はっきりと、そう思った。

それは今も思っている。

なのに、今の今、那美と僕は分けられている。僕らのあいだには距離がある。

その距離が、もどかしくてたまらない。

「木塚《きづか》さん」と名前を呼ばれ、

「はい」と反射的に立ち上がる。

「おめでとうございます」と女性の看護師さんが言う。「かわいい女の子ですよ」

それだけで、何かもう、ぶわっとくる。全身に、ぶわっとくる。

「那美は、妻は、だいじょうぶですか？」

「だいじょうぶです。奥さん、立派でしたよ。がんばりました。もうちょっと待ってくださいね。検査がありますから」

看護師さんが分娩室《ぶんべんしつ》に戻っていく。

イスにストンと座る。背を丸め、両手で頭を撫《な》でる。何度も何度も前後に撫でる。まず安堵《あんど》、次いで喜びを噛みしめる。

那美との距離。実質二十メートルもないのであろう、妻、木塚那美との距離。

長かった。今日のそれは、本当に長かった。

僕は出産に立ち会うことを望んだ。那美が拒んだ。苦しむところを見せたくないのだと言って。

そう言ったときの那美は弱くなかった。というよりも、妊娠が判明し、産むことを決断してからの那美は、もう弱くなかった。オロオロしてしまったのは僕のほうだ。

三年前に那美と結婚して、みつば南団地に住んだ。D棟二〇三号室。空きが出てよかった。四葉の蜜葉ビールまでは、バスと徒歩で通えた。

子どもを持つことは、あまり考えなかった。いや。持たないなら持たないでいい、と僕は密かに考えていた。日ごろの那美を見ていて、妊娠や出産に耐えられるかどうか不安だったのだ。

何となく、那美は妊娠しないのではないかと思っているようなところもあった。

だが、した。

那美は三十一歳、僕は二十九歳。

産めるんだから産む、と那美は言った。生きてるんだから産む、と言ったようにも聞こえた。

その言葉で、あの事故のことが思いだされた。那美はそれには触れなかったし、僕も触れなかった。那美の妊娠と事故。言ってみれば、生と死。その二つを関連づけて考えるべきではないような気がした。

那美は蜜葉ビールを休職した。退職ではない。休職だ。だが社員は社員。また働かせてはもらえる。ヤツいがしばらくは三人でがんばろう。高中社長がそう言ってくれた。

那美は出産をこわがらなかった。いや、こわがっていたのかもしれないが、少なくとも、そんなそぶりは見せなかった。

一方、僕は見せてしまった。とてもじゃないが、隠しきれなかった。

ねぇ、もしもよ。と那美は僕に言った。ほんとにもしもだけど。子どもとわたしの命のどちらかを選ばなきゃいけなくなったとしたら、そのときは子どもを選んでね。少しも迷わなくていいから。その選択を恨んだりは、わたし、絶対にしないから。

そんなことにはならないよ。だいじょうぶだって。

僕が努めて平静にそう言うと、那美は穏やかに笑ってこう返した。

だから、仮によ。いつ何が起こるかなんて、誰にもわからないんだから。

数分後、分娩室に入ることを許された。

疲れきった顔の那美が、横になったまま僕を見て、やわらかな笑みを浮かべる。

「ありがとう」と言った。

「おめでとう」と言われた。

那美は二時間ほど安静にしていなければならないとのことで、すぐに分娩室を出た。

そしていよいよ。

必要な検査をすませて小さなベッドに寝かされた小さな娘と、ガラス越しに対面した。

生まれたばかりの赤ちゃんはあまりかわいくないものだと思っていた。ここでもそう感じてしまうのではないかと不安を覚えていた。

杞憂《きゆう》だった。

かわいいとか何とか、そういうのは飛び越えていた。

かわいいもかわいくないもない。いや、かわいい。びっくりするほどかわいい。が、そんなことは、本当にどうでもよかった。

そこにいてくれることに圧倒された。そこにそうして横たわっていてくれることに、ただただ圧倒された。

十本の指と両手のひらをぺたりと窓ガラスに押し当てて、僕は娘を見た。食い入るように見た。

那美は乃が付く名前がいいと言っていた。僕は絵が付く名前がいいと言った。

乃絵《のえ》でいい、と思った。乃絵こそがいい。

もう勝手に決めてしまった。那美も反対しないだろう。

木塚駿作《しゅんさく》と那美と乃絵。

乃絵。木塚乃絵。

身ごもったと那美に聞かされたその瞬間から、僕は君が好きだった。

だから、君を待っていた。

予定より大幅に遅れたが、君は来てくれた。

うれしい。それ以外に言葉がない。

あぁ、そうか。そういうことか。こうして君が生まれてくるために、僕はあの電車に乗れず、那美はあの電車に乗ったのか。

そんなふうに思えた。

あとは一刻も早く、那美にその思いを伝えたい。今ここに至るまで無駄なことは何一つなかったのだと伝えたい。

それと。

これも那美に教えてやろう。

流してることに自分が気づかないほどのうれし涙って、あるものなんだよ。

リトル・トリマー・ガール

靴を見れば人がわかる。人を知りたいなら履いてる靴を見ればいい。できる人は靴の手入れを怠らない。

って、うるせぇよ。

靴が見えてるなら、履いてる人のことも見えてるだろ。なのにわざわざ靴を見てんじゃねえよ。靴一つで人の価値を決めようとしてんじゃねえよ。

というその書きだしはとても気に入っていたが、結果は一次止まり。二次予選で落ちた。

中間発表の一次予選通過者のなかに、晴海親房《はるみちかふさ》の名前があった。あるにはあったが、残念ながら、細字だった。二次予選通過者だけが、太字になるのだ。つまり、落選。

晴海親房こと佐藤一臣《とうかずおみ》による短編小説『人は靴を見る』。主人公は田畑という男。僕と同じ、三十歳。タバタ、の響きがいいので、その名にした。名字だけの田畑だ。

失業した田畑は、何度も再就職の面接を受け、何度も落とされる。最低限、身なりは整えている。靴も、汚れたら磨いている。ただ、古びてはいる。クタクタになってはいる。

二十回落とされたあと、田畑は書店で雑誌を立ち読みする。そこに書かれていたのだ。靴を見れば人がわかる、と。

うるせえよ、と田畑は思う。田畑自身は、むしろクタクタの靴を履いている会社員に共感を覚える。それは、自分の足で歩くのを厭《いと》わないということだから。革靴で歩くのも厭わないということだから。

その後も、田畑は面接に落ちつづける。そして靴がダメになったのを機に、発想を変える。いつものように三千円の革靴を買うつもりでいたが、思いきって、その四倍、一万二千円の靴を買う。店員にすすめられた靴クリームまで買う。これは自分への先行投資なのだと考えて。

結果どうなるか。田畑がすぐに面接に受かるのか、なお落ちつづけるのか。そこまでは示さない。あとは田畑次第、読者次第だ。

この短編で、初めて自分に近い人間を書いた。靴に関する記述にも実感がこもっている。僕自身、会社勤めをしてたころは高い靴を履いていた。だから、いい靴の履きやすさも知っている。靴云々《うんぬん》の雑誌を書店で立ち読みしたのも事実。そこに着想を得て書いた話なのだ。

自分の思いをそのまま書くのでなく、小説にうまく溶けこませることができた。手応えがあった。期待した。が、一次止まり。去年は二次も通り、太字になったのに、また細字。甘くない。簡単にはいかない。

ちなみに。今僕が履いているのは、本革に似せる努力さえ怠ったかのような人工皮革の靴だ。税込み千九百円。食料品のほかに日用品や衣料品も扱うスーパーセンターで買った。

注意書きにはこうあった。靴クリームを塗る必要はありません。

塗ってください、ではない。逆。要するに、革じゃないからそんな必要はないですよ、見てわかるとおりの安物ですよ、ということ。親切は親切。その悲しい忠告に、ちょっと笑った。

田畑以上にお金がないので、もう高い靴は買えない。交通費節約のためによく歩くから、すぐに底が減る。雨の日に歩くだけで、水が浸《し》みこむようになる。そうなったら、また安物に買い替える。手入れなどしない。

で、まあ、確かに。

僕はできる人ではない。

今もクタクタの靴で歩いている。もう五十分は歩いた。小説誌の発売日なので、四葉のアパートから二十分をかけ、JRみつば駅前の大型スーパーにある書店に行ってきたのだ。

その書店でもやはり立ち読みをして、落選を知った。期待した分、いつも以上にショックは大きかった。いい加減慣れてもよさそうなものなのに、慣れない。何度落とされても、ショックは受ける。ブルーな状態が、一週間は続く。

あぁ、また一週間か、と思いつつ、僕はうつむき気味に歩く。

左、右、と交互に前に出る自分の靴を見る。テカテカした黒い靴。およそ一・五メートルの距離はあるが、安物だとはっきりわかる。どう見ても本革ではない。底には穴があいている。次の雨あたりで、いよいよ浸水が始まるかもしれない。

次の角を左に曲がれば自分のアパート、というところで、僕は右側のアパートを見る。

出窓がついた、レンガ色のアパートだ。僕のはワンルームだが、こちらは二間。その出窓の内側には、CLOSEと書かれた小さな札が掛けられている。

今日はやってないのか、と思う。ちょっと不安になる。

建物のすぐ外の柵には、看板がくくりつけられている。トリミングサロン『ワフワフ』。トリミング。ペットの動物の毛を刈りこんで整えるあれ。二階建てアパートの一階、その一室を店舗にしているわけだ。

一年ぐらい前からそうなった。明らかに住居用の物件なので驚いた。商売としての形態に、ちょっと興味を引かれた。端的に言えば、やっていけるのか？　と思った。どう見てもチェーン店ではない。個人経営。僕が住むこの辺りだから家賃は高くないはずだが、儲《もう》けを出すのは大変だろう。というか、無理だろう。

この道は毎日通るから、そのたびについつい見てしまう。結果、毎日は営業してないことが判明した。土日祝日は、札がOPENになっている。ほかの曜日は、二日ほどがOPENで、それ以外はCLOSE。必ずしも曜日で決められているわけではない。予約が入った日は開けるとか、そういうことかもしれない。

アパートのわきには、四台分の駐車スペースがある。左端に水色の軽が駐まっているときは、『ワフワフ』も開いている。軽の持ち主の店員さんは、二十代ぐらいの女性だ。顔まではわからない。

今、出窓の奥は暗い。昼だから真っ暗ではないが、明かりはつけられてない。人も動物も、いる気配がない。いるときは、昼でも明かりがつけられてるのだ。

自営業。おそらくは一人でやっている。どうしても、自分と重ねてしまう。うまくいってほしい、と思ってしまう。店を出せてる時点で、まちがいなく、僕よりはうまくいってるが。

次の角を、左にではなく、右に曲がる。大通り沿いにあるディスカウントストアに寄ることにしたのだ。明日の朝のパンを買わなきゃいけないことに気づいて。

六個入りのバターロールは、いつも行くスーパーセンターよりもそちらのほうが安い。スーパーセンターが税込み八十八円であるのに対して、そちらは八十五円。わずか三円だが、その差は大きい。バターロールは毎朝二個食べる。一ヵ月にすれば、三十円ものちがいが出るのだ。

三十円も、と言いきれるまでになっている三十歳の男は相当悲しいが、そこはもう悲しまない。悲しむぐらいなら、書くのをやめればいいのだ。どこぞに就職でもすればいいのだ。

しかし、まあ。

芽が出ない。目も出ない。

才の芽も出ないし、賽《さい》の目も出ない。

各小説誌の新人賞に二十回応募して、二十回落ちた。二十一回めに二次予選を通った。初めて中間発表に名前が載り、やれるかも、と思った。が、二十二回めとなる今回は一次止まり。やれないかも、とついさっき思った。これからの一週間は、やれないかも、と、いや、やれるでしょ、のせめぎ合いになる。

大学を出て、三年で会社をやめた。予定どおりといえば予定どおり。通過儀礼だったのだと考え、割りきった。

そして苦闘が始まった。始まって五年。長いといえば長いし、短いといえば短い。

そんななか、大学時代のゼミの教授に校閲の仕事を紹介してもらえたのは幸運だった。

そうは言っても、立場はフリー。早い話がアルバイト。

原稿に誤りや不備がないかを調べる仕事。校閲。やりがいはあるが、懐は潤わない。

作業に時間がかかるわりに実入りは少ない。時給に換算したらおそろしい数字が出そうなので、換算はしない。

それで食べているとはとても言えない。あまり食べないようにしている、というだけのことだ。一人だから、どうにかなっている。最近は、その校閲の仕事も減っている。あまりまわってこなくなっている。

で、もう三十。

たとえうまくいったところで、小説は儲からない。それだけで食べていける人はほんのひと握りだ。わかってはいるが、やる。やりたい、ではない。やる。

例えば音楽を聴いているその瞬間は楽しい。それと同じ。読んでいるその瞬間が楽しい小説を書きたい。その瞬間を味わうために何度も読み返したくなる。そんな小説を。

だが今はとにかく。

明日のバターロールだ。

長い信号を待って大通りを渡り、僕はディスカウントストアに足を踏み入れる。

いつもバターロール一袋しか買わない客だと思われてるだろうなぁ、と思いつつ、そのバターロールを手にとる。消費期限を確認する。最後の二個を食べる三日めには切れてしまうが、期限切れのバターロールを食べて死んだ人の話は聞いたことがないので、大目に見る。

次いで、百円以内で買える歯みがき粉があればと店内を物色するが、ないようなので、あきらめる。フロ用洗剤の詰め替えパックが百八円になっているのにちょっと引かれるが、九十八円になる日もあるはずだと、そこも自重。

せっかく来たので、緑茶のペットボトルの値段もチェックする。十円の値上げが不評だったのでもとに戻しました。と、そんな流れを期待したのだが、戻されてない。二リットル入りのペットボトルはさすがに重いから、近いこちらで買いたいのだが、これでは買えない。片道二十分歩くスーパーセンターで買うしかない。

あ、そうだ、靴。と思い当たり、その靴も見てみた。安くても三千円。そそられるものはなかった。千五百円の見切り品があり、奇跡的にサイズも合ったが、致命的にデザインが奇抜で、食指は動かなかった。

いくら貧しくても、値段だけを見てはいけない。ものの選び方をまちがえてはいけない。それを選ばなかったことで、贅沢《ぜいたく》をした気分になった。ほとんど屁《へ》理屈とも言える理屈で贅沢をしたと感じる自分に、ちょっと戦慄《せんりつ》した。この戦慄は、いつか小説に書こうと思う。

そんなこんなで、結局はバターロール一袋を手にレジへ向かった。

午後四時。僕が店を訪れるのはいつもこの時刻。最大なら三つだが、今開いているレジは一つだ。

レジ係は、たぶん、アルバイトさん。人はだいたい決まっている。三日に一度来ていれば顔は覚えてしまうし、何なら名前も覚えてしまう。レシートに担当者の名字が印字されるからだ。

メイクで変わる高井《たかい》さんと、適度に色っぽい諏訪《すわ》さんと、自信なげな末吉《すえよし》さん。ここ三ヵ月は、その三人の誰かにあたることが多い。

高井さんは、ぽっちゃり型の女性。見た感じ、二十代前半。髪は茶色で、眉《まゆ》をぱっちり描いている。だがたまに、遅刻ぎりぎりで出勤したのか、すっぴんにマスクでレジに立つことがある。その姿を初めて見たときは、高井さんだとわからなかった。

今も見るたびに感心する。メイク一つで別人になる。目がとても優しいので、僕はすっぴんのほうがいいと思う。だが本人にすれば、その優しい目がいやなのかもしれない。

対して諏訪さんは、かなり小柄な女性。二十代後半。とてもてきぱきしている。会計も速い。十点以上を買った人の商品も、すべてきちんと店の袋に入れる。あいさつの感じもいい。

この人は、すっぴんマスクにはならない。そもそも、メイク自体が薄めだ。適度に色っぽいと感じるのは、むしろそのためかもしれない。

もう一人。末吉さんは、細身の男性だ。四十代後半。何というか、手際があまりよくない。諏訪さんとくらべてしまうと、段ちがいによくない。おっかなびっくりでレジ操作をしている感じがある。それがお客さんにも伝わってしまう。

正直、見ていてひやひやする。歳下なのに失礼だが、がんばってほしい。上から目線で言ってるつもりはない。人ごととは思えないのだ。何年か先の自分を見てるようで。

今日、レジにいるのは諏訪さんだ。

諏訪さんはあっという間に会計をすませ、バターロールを店のビニール袋に入れてくれる。そしてレジからお釣りの小銭とレシートが出てくるのを悠々と待つ。

その十五円とレシートをもらう。諏訪さんは、一万円分の買物をしたお客さんに言うのと少しも変わらぬ感じで、ありがとうございました、を言ってくれる。いや、八十五円分の感じでいいですよ、と言いたくなるが、ありがたく聞いておく。僕は軽めの会釈をして、自動ドアから外に出る。

外とは言っても、まだ店内。天井が高い倉庫のような造りになっている。ホームセンターなんかによくある感じだ。商品が多数置かれている。トイレットペーパーだのお菓子だの。花火などの季節商品や特価品が並ぶことも多い。

壁と屋根があるだけで、地面はそのままアスファルト。駐車場と変わらない。僕はその路面を歩き、シャッターを上げ下げする仕組みになっている出入口へと向かう。

そこで、目があるものをとらえる。前方、路面に落ちているものをだ。

まっすぐに進み、身を屈《かが》めて、拾う。

お金だ。お札。一万円札。

目がとらえた瞬間から、そうだろうと思っていた。お金はわかるのだ。お札でもわかる。折られてない状態で落ちていればその大きさでわかるし、今のように四つ折りにされた状態で落ちていれば、その折られ方でわかる。二つ折りでもわかるだろう。お札の形状はやはり独特なのだ。

お金？　と一瞬期待し、その期待はかなった。で、次の感情がきた。一言で言えば、困惑だ。どうしよう、という。

お札を手にしたまま、振り返る。周りに人はいない。店員さんもお客さんもだ。

まずは、誰もが思いそうなことを思う。このまま帰ってもわからないな。

そして、天使の佐藤一臣が登場する。白砂糖ならぬ、白佐藤だ。いやいや、一万円はダメでしょ。千円ならともかく、一万円はなしでしょ。

続いて、悪魔の佐藤一臣も登場する。黒砂糖ならぬ、黒佐藤だ。いやいや、誰にも見られてねえよ。落とした本人だって気づいてない。気づいたとしても、ここで落としたとは思わねえよ。

白佐藤。いやいや、ここは店内。どこかにカメラがあるよ。あとで映像を見られたら、あんたが拾ったことはわかる。

黒佐藤。わかるわけねえって。姿が映ってたところで、自分が落としたものを拾ったと言えば終わりだろ。そこまで性能のいいカメラはつかってねえよ。

うーむ。と、僕は考える。

白佐藤の言い分も、とりようによっては相当グレーだが、まあ、それはいい。一万円あれば、千九百円の靴が五足買える。そのうえ、五百円のお釣りが戻ってくる。それでバターロールが五袋買える。

と、そう考えただけで、僕は満足する。こんな場所で長々と立ち止まっているだけでおかしい。拾った一万円札を手に考えこんでいる自分の姿を撮られたくもない。

引き返す。自動ドアから入り、レジに行く。

応対中のお客さんを送り出すのを待って、諏訪さんに言う。初めて話しかける。

「あの」

「はい」

「これ、外に落ちてました。通路に」

そして一万円札を、四つ折りのまま渡す。

「あぁ。そうですか。ありがとうございます」

僕は再び軽めの会釈をして、再び自動ドアから出る。

一番いいやり方はこれだろう。諏訪さんに一万円を渡したことがきちんと撮られてればいい。レジ付近にあるカメラは性能がよければいい。

一万円に後ろ髪を引かれつつ、帰路につく。引きは強い。後頭部の地肌が痛い。

やっぱ一万は無理だよな、と思う。着服していたら、罪悪感はかなり大きかっただろう。白佐藤はああ言ったが、千円でも無理だ。百円でも無理。額がいくらでも、罪悪感は変わらない。

あの一万円がこのあとどうなるのかは知らない。諏訪さんは上に報告し、一万円を渡すだろう。その上がどう処理するのか、それは本当にわからない。

まあ、いい。やることはやったのだ。その先は、僕が考えることでもない。

翌日も、みつばの大型スーパーに行った。用はなかったが、行った。

少しはお金になる校閲と、少しもお金にならない小説。どちらも座り仕事だから、交通費節約のためだけでなく、健康維持のためにも、なるべく外を歩くようにしているのだ。

とはいえ、近所をただ歩きまわるのも何なので、買物の用はなくても陸橋を渡ってみつばの大型スーパーに行く。片道三十分。散歩にはちょうどいい。

で、行ったからには書店に寄り、昨日も見た小説誌を見た。新人賞の中間発表のページを。もしかしたら見まちがえた可能性もあるんじゃないかと思って。

見まちがえてなかった。何度見ても、晴海親房の文字は細字だった。印刷ミスの可能性もなさそうだ。誤記の可能性はないですか？　と出版社に問い合わせたくなったが、さすがにとどまった。そんなことをしたら、ブラックリストに入り、来年からは一次予選さえ通らなくなるかもしれない。

大型スーパーからの帰りも、昨日と同じ道を歩いた。当然、トリミングサロン『ワフワフ』の前も通った。

水色の軽が見えていたので、営業していることはわかっていた。それでも、一応、出窓を確認した。

札はOPENになっている。よし、と思うと同時に、あせった。出窓のすぐ内側にいた女性がこちらを見てたからだ。あわてて視線をそらし、たまたま見ただけですよ、というような演技をした。

出窓を見るという行為はやはりよくないな。これからは注意しよう。

と思いつつ歩いていると。

角を左に曲がったところで、後ろから声をかけられた。

「あの」

女声。

振り向いて、立ち止まる。

女性。白のブラウスに黒のパンツ。サンダル履き。

それよりも何よりも。諏訪さんだ。ディスカウントストアのレジ係の。

え？　と言いたいのを抑えて、言う。

「はい？」

「すみません。追いかけてきちゃいました」

「あぁ。はい」

トリミングサロン『ワフワフ』から追いかけてきた、ということだろう。言われてみれば、サンダル履きの足音の前に、ドアが開け閉めされる音も聞こえた。

頭のなかで、危険信号が灯《とも》る。出窓から覗いたことをとがめられると思ったのだ。ちがった。

「お客さん、ですよね？　あちらのお店の」と諏訪さんは大通りのほうを手で示す。

「昨日、一万円を拾って、届けてくれた」

「そう、ですね」

「よかった。そうだと思いました。さっき窓から見て」

気づかなかった。あの女性は、諏訪さんだったのだ。

「よくこの道を歩かれてますよね？」

「はい」さっそく言い訳する。「アパートが、すぐそこなんで」

「あぁ。だからウチの店を利用してくれてるんですね」

その店は、『ワフワフ』ではない。ディスカウントストアだ。

「一万円。ありがとうございました」

「いえ」

「あのとき、わたしがあれこれお訊きしておけばよかったんですけど。すぐに次のお客さんが来てしまったので」

「はぁ」

間の抜けた返事をした僕に、諏訪さんは説明する。

「店長に言ったんですよ、一万円のこと。三日は店に保管して様子を見ることになりました。落としたお客さんが訪ねてこなかったら警察に届けようと。調べたら、七日以内には届けなきゃいけないらしいんですよ。で、三ヵ月落とし主が現れなかったら、拾い主のものになる」

「でもそれだと、拾い主は店ってことになっちゃうんですよね。実際に拾ってくれたのはお客さんなのに。だから、次来られたときに声をおかけするつもりでいたんですよ」

次バターロールを買いに来たときに、か。

「まさかこんな形でお会いできるとは思いませんでした」

僕も思わなかった。まさかもまさかだ。

「警察に届けるときのためにも、お名前とご連絡先を、伺ってもいいですか？」

「それはかまわないですけど。いいですよ、お店で拾ったからお店のかたにお渡ししただけなので」

「でも、店のお金ではないですから。拾い主としての権利はお客さんにありますし。これはわたし個人の意見じゃなく、店長もそう言ってました。立派な人だとも言ってました」

「いえいえ、そんな」と急いで否定。

「人によっては、自分のものにしちゃいますよ。半数はそうなんじゃないですかね。わたしだって、少しは考えちゃうと思います」

僕も考えた。少しではない。白佐藤と黒佐藤まで登場させた。

「お店が拾ったことにしてくれていいですよ。拾ったからお渡しした。ほんとにそれだけなんで」

「なるほど」

「でも。せっかくこうやってお会いできましたし」

その言葉には、何というか、ちょっとやられた。諏訪さんは、わざわざ『ワフワフ』を出て、僕を追いかけてきてくれたのだ。今はディスカウントストアの店員ではないのに。勤務時間外なのに。

「じゃあ」と僕は言う。「確かに、せっかくなので」

「あぁ、よかった。ただ、えーと、すみません、急いで出てきたんで、紙もペンもなくて。ちょっと来ていただいてもいいですか?」

「はい」

そして僕らはトリミングサロン『ワフワフ』へと戻った。

「どうぞ」

「失礼します」

諏訪さんに続いて、なかに入る。上がりはしない。三和土止まり。アパートのそれだから、決して広くはない。そこに、ただ立つ。

部屋には、そう大きくないトリミング用のテーブルがある。はさみだのブラシだのの器具もある。スタンドが付いたドライヤーらしきものもある。一応、と言っては失礼だが、れっきとした店だ。

ペンを手にした諏訪さんが、メモ紙をテーブルに置いて、言う。

「おっしゃっていただければ、わたしが書きますので」

「届を出すのであれば、住所もなきゃダメですよね？」

「そうですね。お願いします」

アパートの住所とスマホの番号を伝えた。

「名前は、佐藤一臣です。佐藤は普通の佐藤で、漢数字の一に大臣の臣で、一臣」

「佐藤さんなんですね」

「はい」

「お訊きするだけでは失礼なので。わたしは諏訪です」

知ってます、とは言えないので、こう返す。

「諏訪さん、ですか」

「はい。諏訪神社、とかでよくある諏訪です。ちょっと押しつけがましいですけど、これを」

諏訪さんは僕に名刺をくれた。犬と猫の足跡が点々と描かれた、かわいらしいデザインのものだ。文字は横書きで、こうある。

トリミングサロン　ワフワフ　諏訪留里
漢字の上には、アルファベットで、SUWA RURI。外国人のお客さんにもわかるようにそうしたのだろう。いちいち店長などと肩書をつけないところに好感を覚える。

「ワフワフって、どういう意味ですか？」

「犬の鳴き声です。ワンワンのフランス語」

「へぇ。いい名前ですね」

「ありがとうございます」

「できればお客になりたいとこですけど。すいません。僕は犬も猫も飼ってないので」

「アパートだと、飼いたくても飼えないですもんね」

「はい」

「もし飼えたら、飼いたいですか？」

「うーん」と真剣に考える。自分が訊かれたのに、訊き返してしまう。「諏訪さんは、飼われてますか？」

「いえ。犬も猫も大好きですけど、飼いません。仕事を趣味の延長と考えたくないので」

切れのいい答に感心する。

「僕も犬は好きですけど、飼うのは厳しいかもしれません。何というか、経済的に」

「わたしも同じです。たとえ飼う気になっても、飼えないです。実際、こちらだけでは無理なので、仕事もかけ持ちしてますし」

「あぁ。それで、ですか」

「ちょうどよかったんですよ、近くにあの店があって。予約が一件なんていう日の空き時間に働くこともできますから」

「ここは、お一人で？」

「はい。人を雇う余裕も必要もないので。オープンして一年なんですけどね。なかなかうまくいかないです。何人かは常連さんもできたりで、そのかたがたにたすけられてはいるんですけど」

「諏訪さんは、いわゆるトリマーさん、なんですよね？」

「はい」

「学校とかに行かれたんですか？」

「わたしは行きました。独学では難しいと思って」

「資格を、とるんですよね？」

「とりますけど、あくまでも民間資格です。国家試験みたいなものはないんですよ」

「あ、そうなんですか」

「はい。ただ、資格がないと、厳しいです」

「そうですよね。飼主さんも、無資格の人にまかせたいとは思わないでしょうし」

「若いうちに始めたかったんで、無理しちゃいました。だから今は相当キツいです。あっちのお店に入る時間を、もうちょっと増やさなきゃいけないかも」

諏訪さんは笑顔でそんなことを言う。キツさを楽しんでいる感じがある。

よくこの道を歩かれてますよね？　とついさっき言われたことを思いだす。それはつまり、僕自身が出窓からよく見られていたということだ。道を歩くたびに出窓を見ていたその姿もよく見られていたということだ。マズい。

「あの」と言う。

「気になってました？」

「はい」

「何がですか？」

「外の道を歩いてるとき、僕はいつもそこの窓を見てましたよね？」

「気づきませんでした。気づいても、気にならないですよ。見られるかたは多いですし。お、何だ？　と思うんでしょうね。アパートがお店みたいになってるから。でもありがたいですよ。こちらは見てほしいわけだし。見てもらうために、看板も出してますから」

「僕は、毎回見てないですか？」

「そうなんですか？」と逆に訊かれる。

答えづらいが、答えてしまう。

「はい。何というか、OPENかCLOSEかがつい気になっちゃって。OPENになっててほしいなぁ、と思っちゃうんですよ。失礼な言い方ですけど、つぶれたりしてほしくないなぁ、と」

「どうしてでしょう」

「僕も、自営といえば自営なんで。だから、通るたびに、ついつい見ちゃいます。なかを覗くとか、そんなつもりはないんですけど」

「なかも見てくれていいですよ。こんな感じでやってますって、やっぱり見せたいわけですから」

「ならよかったです。気味悪がられたら困るなとも、ちょっとは思ってたんで」

「自営って、何をなさってるんですか？」

「校閲です。出版前の原稿に誤字脱字とか事実関係のまちがいとかがないかをチェックします。カッコをつけてフリーなんて言ったりもしますけど、要するにアルバイトです」そして言おうか言うまいか迷い、言ってしまう。「でもそれは諏訪さんで言うあちらのお店みたいなもので。その校閲をやりつつ、小説を書いてます。本当にやりたいのはそっちなので。といっても、全然ダメな状態ですけど」

「でもすごい。小説ですか。わたしも何年か前は読みましたけど、今は時間がなくてなかなか。書かれてるのは、純文系ですか？　それとも、エンタメ系ですか？」

　その言い方で、確かに読んでいた人なのだとわかる。

「エンタメ、ですね。純文ではないという意味で。中間あたり、のような気もしますけど」

「最近は、境がない感じですもんね」

「ないと言いつつちょっとある、みたいなとこなんですかね」

「賞なんかに応募されてるんですか？」

「はい。昨日も一つ落ちました。この先一週間はブルーです。と、三十にもなってそんなのんきなことを言ってちゃいけないんですけど」

「佐藤さん、三十なんですか。わたしは二十七ですけど、同じぐらいかと思ってました」

「いい歳してすいません。いつも、買うのはバターロール一袋で」

「わたしもそうですよ。買おうと決めていったもの以外は絶対に買いません。これ安いから買う、はしないです。結局は無駄づかいになるので」

「わかります。安物買いの銭失い。ほんと、そうなんですよね。安物を大量に買いすぎて破産する大金持ちの小説を書こうかと思いますよ。って、何か、すいません。余計なことを話しちゃって」

「いえ。こちらこそ、ここまで来ていただいちゃって、すみません」

「近くに犬を飼ってる人がいたら、こちらをおすすめしておきますよ。といって、近くに知り合いもいないんですけど。あ、でも確か、アパートの大家さんが室内犬を飼ってたような」

「無理をしない範囲でお願いします」と諏訪さんが笑う。「じゃあ、警察に届を出すときに、店から何かしらご連絡がいくと思います。もしかしたら、バターロールを買いに来ていただいたときについでに、みたいなことになっちゃうかもしれませんけど」

「わかりました。もし三ヵ月経って一万円をもらえたら、そのときは僕がバターロールを大量に買いますよ」

「消費期限があるから、ほかのものを買いましょうよ」

「あぁ、そうですね。そうします。じゃあ、失礼します」

玄関のドアを開けて、外に出る。静かに閉めて、歩きだす。

出窓を見る。OPENの札のわきから、諏訪さんがこちらを見ている。笑顔で頭を下げてくれる。下げ返す。

諏訪留里さん。ディスカウントストアの店員にしてトリミングサロン『ワフワフ』の店長。仕事を趣味の延長と考えたくない人。気合が入っている。小柄なのに、大きな人だ。適度に色っぽい、などと評してしまったことを後悔する。

ふうっと大きく息を吐く。

そうだよな、と思う。校閲の仕事がなくなったって、どうにかなる。何なら、諏訪さんと同じあのディスカウントストアに勤めてもいいのだ。近いのだから、閉店の午前二時まで働ける。それなら採用してくれるだろう。

そしてふと思いつく。

一万円を拾った男が、それを届けなかったことで脅迫される。そんな話はどうだろう。一万円は餌、つまり罠《わな》だったのだ。

短編小説『人は餌を食う』。主人公はまた田畑。僕と同じ、三十歳。ほかに、適度に色っぽい女性を登場させてもいい。ただし、ペンネームの晴海親房はやめる。本名の佐藤一臣でいく。

僕は自分のアパートを通りすぎる。入らない。前を素通りする。もう少し歩きたい。歩きながら考えたい。プロットを練りたい。

さあ、始まる。次の話が動きだす。一週間は引っぱらない。今回のブルーはもう終わる。

一万円、諏訪さんに渡してよかったな、と思う。もしその一万円をもらえたら、久しぶりに高い靴でも買おう。いや、もらえなくても買おう。高い靴を履いたその足で、歩ける限り歩いてやろう。人に見せるためでなく、自分で歩くために必要なら、とことん手入れをするのもいい。

ハグは十五秒

何故だろう。妻のことが愛しくてならない。結婚して一年が過ぎたのにこんなにも妻のことが愛しいなんて、ぼくはどこかおかしいんじゃないだろうか。

と言いながらも、ぼくはこのハグの時間を楽しむ。

好美《よしみ》の背中に両手をまわす。体が密着する。好美のおっぱいがムギュッとなる。ぼくの右耳と好美の右耳が触れる。キスはしない。キスは、そう長くしてられない。ハグならしてられる。お互いの顔は見えない。でも近い。そこがいい。

「八、九、十」と好美が言う。

キスはしてないから、話ができる。そこもいい。

ぼくはスーツ、好美はスウェット。どちらも服を着てるから、体温が直に伝わりはしない。じんわりと温かい。お互いの鼓動が伝わりもしない。でも伝わった気にはなる。そこに心臓があり、動いてることを知ってるから。

「十三、十四、十五。はい、終了〜」

「延長は？」

「なし」

しかたなく離れる。その瞬間が、もうさびしい。

ハグは十五秒と決めている。初めは三十秒だった。やってみればわかるが、ハグの三十秒は長い。好美が実際にそう言って二十五秒になり、やはりまだ長いと二十秒になり、最終的にその十五秒に落ちついた。節度をもって、やめておく。腹八分目、に近い。

その代わり、朝と夜の二回にしてもらった。朝出かける前にハグ、夜帰ってきたらハグ。ともに十五秒。そこは譲れない。好美が十秒への短縮を言いだしたら、断固拒否しようと思っている。泣きつこうと思っている。

みつば南団地からJRみつば駅までは、徒歩二十分。ぼくは余裕をもって二十五分前にはこの玄関に立つようにしている。やろうと思えば、あと四分四十五秒はハグできるわけだ。いやがられるからやらないけど。で、その分、駅までゆっくりと歩く。

はずなのだが。

今朝はちょっと意外なことを言われる。

「ねぇ、守《まもる》くん。相談があるんだけど」

「何？」

「さっきメールが来たの」

「あぁ。何か、来てたね」

さっきダイニングテーブルで二人、朝ご飯を食べていたら、居間のテーブルに置いてあった好美のスマホが♪タリラリラリラン♪と鳴った。

「あれね、昔の知り合いからだったの」

「知り合い」

「隠すことでもないから言っちゃうけど、カレシ。元カレシ。でね、今晩ウチに泊めてほしいって言うの」

「え？」

「人の家を泊まり歩いてて、もう行くとこがなくて。すごく困ってるみたいで。ダメ、だよね？」

「えーと、元カレシ、なんだよね？」

「そう。もちろん、何もないよ。連絡をとり合ったりはしてないし、メールをもらったのも久しぶり」

「なのに、泊めてくれって言うの？　それも、電話じゃなくメールで」

「逆に気をつかったんだと思う。ほら、メールなら、わたしがスルーすることもできるから」

「あぁ。なるほど」

「ただ、その彼がそう言ってくるってことは、ほんとに困ってるのかなぁ、とも思って」

「にしても、元カノジョにそれを言ってくる？　好美が結婚してることを知らないの？」

「それは知ってると思う。知り合いの誰かから聞いてるはず」

「じゃあ、家にぼくがいることも、知ってるんだよね？」

「うん。そこもまた彼らしいとこだけど」

「どういう意味？」

「ちょっと変わってるっていうか、気のつかい方が独特っていうか」

「気、つかってる？」

「ダンナさんの前でおかしなことになるわけがない。むしろダンナさんにもきちんと伝えるべき。そんなふうに考えたんだと思う」

「うーん。それは、変わってるというか、変わりすぎだよね。いくら何でも」

「そう、だよね。ごめん。出がけにいやなこと言った。忘れて。元カレシからメールが来たのを言わないのもいやだなと思って、それで言っただけだから。ほんと、ごめん。スルーする。またメールが来たり電話がかかってきたりしたら、それも守くんに言うし。時間だから、もう行って」

「じゃあ、いってきます」

みつば南団地D棟二〇二号室を出る。階段を下り、駅に向かって歩く。もうゆっくりは歩けないが、早足になるほどでもない。

考える。

たぶん、好美の言葉にうそは一つもなかっただろう。元カレシと連絡をとり合ってないのは事実で、その元カレシがちょっと変わってるのも事実。メールが来たのを隠しておきたくなかったのも事実だし、スルーするのも事実。ただ。困っている元カレシをたすけてやりたかったことも事実だろう。

みつば駅で上り電車に乗ってからも、考える。

すでに結婚してる元カノジョに泊めてくれと言ってくるのは、やっぱり非常識だよなぁ。でも好美ならもしかして、とも思ったんだろうなぁ。悪い意味じゃなく、好美にはそんなふうに思わせるとこがあるからなぁ。ぼく自身、そういうとこが好きで結婚したくらいだから、その感じはわかっちゃうんだよなぁ。

ぼくはコーヒーの製造販売会社に勤めている。好美とはそこで知り合った。ぼくが三年めのときに、好美が入社してきたのだ。

二人で取引先をまわった。感じのいい子だと思った。その後部署は分かれたが、一昨年《おととし》、営業所でまた一緒になった。感じのよさは変わらなかった。いや。さらに増していた。

その少し前に、ぼくはカノジョと別れていた。かなりツラい別れ方だった。浮気をされたのだ。される側にも原因があるんじゃない？　とカノジョ自身に冷たい言葉を吐かれ、去られた。

何だか元気がないですね、と好美に言われたので、ついそのことを話した。そういう人もいますよ、と好美は言った。結婚する前にそういう人だと知ることができてよかった。そう思えばいいんじゃないでしょうか。

好美のことは好きかも、と思った。以後はもう好きになる一方だったので、告白した。そのときに初めて、好美もカレシと別れていたことを知った。ぼくの元カノジョのようなひどい人ではなかったのに別れてしまったという。

その元カレシは自分でカフェをやりたがっていた。そのためにお金も貯めていた。好美自身、コーヒー会社に勤めたくらいだから、ちょっとは惹かれもした。でも同時にカフェをやるのが簡単ではないことも知っていたから、賛成はできなかった。結果、別れてしまった。それがたぶん、今朝メールを寄こした元カレシだ。

そのカレシと別れていたので、タイミングは悪くなかった。告白は、成功した。うれしいです、よろしくお願いします、と好美は言った。そして一年の交際を経て、ぼくらは結婚した。それが一年前。ぼくが三十、好美が二十八のときだ。散々迷ったが、好美は退社した。ちょうどぼくが本社勤務になったこともあって。

会社に着き、仕事を始めてからも、考える。

夫として、妻の元カレシを泊めないのは当然だよなぁ。実際、いやだしなぁ。でも好美は、泊めてやりたかったんだろうなぁ。泊めたくなかったら、ぼくには言わないよなぁ。内容は明かさずに、メールが来たことだけを言えばいいんだもんなぁ。となると、ちょっとはぼくに期待したということだよなぁ。

そして昼休み。外で居酒屋のランチ定食、といく前に。好美に電話をした。メールではない。電話だ。

「朝言ってた元カレシ、呼びなよ」

「え?」

「泊めてあげればいいよ。ただし、一晩だけ。それは約束してもらって」

「いいの?」

「いいよ。と偉そうに言うことでもないけど、いいよ」

「それは守くんが偉そうに言っていいことだよ。ありがとう。すごく喜ぶと思う」

「ほんとに一晩ね」

「うん。ほんとにありがとう」

電話を切る。あぁ、言っちゃった、と思う。言ったら言ったで、後悔する。しかたない。一晩の我慢だ。器が小さい夫だと思われたくない。というか、ぼく自身が思いたくない。

それからはどうにも落ちつかず、仕事でもミスをした。せっかくつくった資料を営業先に持っていくのを忘れ、内容をすべて口で説明した。何かこう、わかる形にしてくれるとありがたいんだけどね、と先方に言われ、あ、会社に用意してあります、と言ってしまった。無能な社員、と思われてなければいい。

そのあいだに、好美からメールが来た。

〈彼はすごく喜んでました。お礼も言ってました。非常識なお願いをしてすいません。ありがとうございます。とのことです。午後八時に来る予定です。守くんより先に到着

するのはよくないと彼自身が言うので、そうなりました。帰りが八時を過ぎるようなら、メールをください。調整します〉

調整します、に笑った。ぼくが八時に帰れなかったら、彼も到着を遅らせるということだろう。その気のつかい方は、確かに独特だ。

そしてぼくはいつもどおり、七時四十分ごろに帰宅した。これまたいつもどおり、十五秒、ハグをした。

和田慶志郎《わだけいしろう》、好美と同じ二十九歳、は、午後八時ちょうどにやってきた。早くてもいけないし、遅くてもいけない。そのために階段の下もしくは玄関の前で、それこそ時間調整をしたのではないかと思わせる正確さだった。

リロリロリロリロ。この団地特有のチャイム音が鳴り、インタホンの通話を省いて好美が迎えに出た。

和田慶志郎。武士みたいでカッコいい名前だ。ぼくが思うに、名はある程度体を表す。カッコいい名前なのに極端にカッコ悪い人はいない。ような気がする。

で、和田くんはどうかと言うと。そうカッコよくもなかった。武士っぽくもなかった。失礼ながら、普通、という感じだ。ちょっと安心した。カジュアルな、というよりはヨレヨレなジャケットにチノパン。荷物はディパック一つ。身長は同じくらいだが、好美がつくるご飯がおいし過ぎるためにこの一年で五キロ太ったぼくよりはやせている。

「突然すいません」と和田くんはいきなり謝った。「好美さんにお願いできることじゃないとわかってはいたんですが。何というか、かなりキビしいことになってしまいまして。ほんと、申し訳ないです」

何故そうなったのか訊くつもりはなかった。ぼくは世話係ではない。ただの宿主だ。でも好美が訊いた。

「慶くん、何でこんなことになっちゃったの?」

慶くん、いや、和田くんは、好美にというよりはぼくに説明した。

「大学時代の友だちと二人でカフェを経営することになってたんですけど。物件も決めて、さあ、契約、となったところで、お金を持ち逃げされてしまいまして」

「その友だちに!」

「はい。で、一気にどうにもならなくなって」

「連絡はつかないの?」

「電話の契約もアパートの契約も解除されてました」

「あらら。被害届とかは、出した?」

「いえ、まだ。友だちは友だちなので、どうしようかと。はっきりしたことも、わからないですし」

「はっきりは、してるでしょ」

「まあ」

「親御さんにあたったりは?」

「両親は早くに亡くなってるんですよ。育ててくれたおじさん夫婦とも、今は行き来がないみたいで」

「でも大学まで行かせたんでしょ？　その人たちが」

「あ、大学時代っていうのは、大学のアルバイト時代ってことです。そこでの友だちです」

「じゃあ、何、そんなに親しくはなかったわけ？」

「親しかったことは親しかったんですけど。くわしいことはよく知らなかったというか、こうなって初めて知らなかったことに気づいたというか」

和田慶志郎くん。確かにちょっと変わっている。というか、甘すぎる。

「今日はウチに泊まるとして。例えば明日はどうするの？」

「えーと、人に仕事を紹介してもらうことになってるので。そのあと、どうにかします」

「できるの？」

「します。どうにか」

「とりあえず、ご飯食べよ」と好美が言う。「さんま、焼いたから。今そんな状態なら、慶くん、しばらく魚なんか食べてないでしょ？」

「さんま。久しぶりです。うれしいです」と和田くんは本当にうれしそうに言う。

好美に言ってるのに、目の前にはぼくもいるので、そこも敬語になる。

自分の家なのに、何だか居心地が悪い。

このソファでも、何なら床でもいいですよ、と和田くんは言ったが。そうさせる意味がないよ、とぼくが言って、奥の和室に敷いたフトンに寝てもらった。一番ブロなんて入れませんよ、とも和田くんは言ったが。いや、むしろ寝る前に入りたいからさ、とぼくが言って、先に入ってもらった。

和田くんの気のつかい方はやはり独特で、何というか、空まわり気味だった。でもいやな感じはしなかった。和田くんが本気で言ってることは伝わるからだと思う。初対面の相手にもそれが伝わるというのは、相当すごいことだ。逆に言うと。だから簡単にだまされるのかもしれないけど。

トーストにスクランブルエッグにサラダにヨーグルトにコーヒー。いつもより豪華な朝ご飯の席で、好美は言った。

「ねぇ、守くん。もう一晩だけ、慶くんを泊めてあげられないかな」

明日は人に仕事を紹介してもらう。そう聞いた昨夜から、ずっと考えていたのだろう。そのあとに宿探しをするのはキツいよなぁ、と。

それはぼくも考えた。一晩で追い出すのは酷かなぁ、と。だからといって。自分から提案する気にはならなかった。それをしてしまったら、お人よしというより愚か者だ。だからといって。好美に提案されてしまうと。器が小さい夫であることを自覚せざるを得ない。

「もう一晩だけね」とぼくは言った。「悪いけど、そこまで」

「いいんですか？」と和田くんに言われ、

「いいの？」と好美に言われた。

「いいよ」と二人に一言で返した。偉そうだが、しかたなかった。

和田くんがいるので、朝のハグはなしにした。結婚して初めてだ。こんなふうにして、終わりは始まるのかもしれない。危機感が募った。渇望も募った。

そこでも気をつかったのだろう。和田くんはぼくと一緒に家を出た。就職の件であれこれ調べたいこともあるんで図書館にでも行きますよ、と言った。

みつば駅から上りに乗って、東京駅で降りた。混み合う通勤電車。話という話はしなかった。

「じゃあ、ぼくは山手線だから」

「古川《ふるかわ》さん。ほんと、ありがとうございました」

「いや、今夜また会うじゃない」

「これは昨日の分のお礼です。で、すいません。また一晩よろしくお願いします」

そんなことを言い合って、別れた。

ように見せて。

別れなかった。

しばらく歩いてから振り返り、ぼくは和田くんのあとを追った。つまり、尾行した。自分でも信じられない。が、本当にした。初めての経験に、身がキュウッと締まった。

まだ午前八時を過ぎたばかり。和田くんはどこへ行くのだろうと思ったら、地下一階の銀の鈴待ち合わせ場所に行った。そして横の広場にあるベンチに座り、ガラケーの画面を見た。

距離をとっている限り、和田くんに気づかれることはなさそうだ。ぼくはスーツを着たただのサラリーマン。目立つはずもない。しかも駅。視界に入ったとしても、目には留まらないだろう。

ガラケーを見る和田くんを遠目に見ながら、会社に電話をかけた。

「すいません。何か、カゼをひいたみたいで。家を出ることは出たんですけど。吐き気もしてきたんで、今日は休みます」

やってしまった。入社して八年半。ついに仮病をつかってしまった。学校でもアルバイトでも、想像の域にとどめ、一度もやったことはなかったのに。

幸い、仕事で人と会う約束はしていなかった。今日じゅうに片づけなければならない案件もない。

とはいえ。何のためにぼくはこんなことをしているのか。いったい何を怖れているのか。

好美が和田くんと会うことを怖れているのだ。何だかんだで、好美を疑っているのだ。

いや、疑っているとは言いたくないが、現状を見れば、そうとしか言えない。

三十分ほどで、和田くんは動いた。ベンチから立ち上がり、歩きだした。

見つかったらそのときは偶然で押し通そうと決め、あとを追った。ぼくは営業社員なのだから、街をウロついていても不思議はない。ウチの商品を扱う小売店や飲食店はいたるところにあるのだ。おかしくない。全然おかしくない。

東京駅を出ると、和田くんは二十分ほど歩き、図書館に入った。午前九時の開館を待っていたということらしい。そして書棚から小説らしき単行本を一冊抜きだし、閲覧席に座ってそれを読んだ。

ぼくは同じく書棚からコーヒーに関する本を二冊抜きだして、閲覧席に座った。和田くんをなため後ろから見られる位置だ。これで調べものに来た体《てい》にできる、とちょっと安心した。

和田くんはひたすら本を読みつづけた。時おりガラケーをいじる程度。あとは身動きもしない。

せっかくなので、ぼくもコーヒーの本をちょこちょこ読んだ。コーヒー会社に勤めるぼくでさえ知らないことがたくさん書かれていた。というか、知らないことだらけ。だいじょうぶか？　ぼく。

和田くんの様子を窺わなければならないので、読書に集中はできなかった。和田くんの背中を見て、本を見る。交互に見る。何をしてるんだろうな、とあらためて思った。

妻の元カレシを自宅に泊めてやりながら、尾行。明らかにおかしい。常軌を逸している、と言ってもいい。

今朝ハグをしなかったせいか、何だかムズムズする。サッカーをやってた友だちが、一日ボールを蹴らないとムズムズする、と言っていたのを思いだす。それと似たことかもしれない。いや、それよりもたぶん深刻だ。サッカーはボールがあればできるが、ハグは相手がいなければできない。ボールはお金を出せば買えるが、ハグ相手は買えない。

ハグ。初めてそれについて考える。何故ぼくはハグが好きなのか。ハグをしたがるのか。

昔からしていたわけではない。過去に付き合ったカノジョの誰かとしていたわけでもない。ただ。印象深いものは、一つある。母のハグだ。最初にして最後。一度だけのハグ。

ぼくの両親は二十一年前に離婚した。当時でも、別に珍しいことではなかった。あぁ、ウチもそうなるのか、と思った。意外ではあった。父と母がケンカをしている姿は、ほとんど見たことがなかったからだ。本当にしなかったのかもしれない。見せなかっただけかもしれない。今でもよくわからない。

ぼくは父に引きとられた。それもまた意外だった。離婚のはっきりした原因は明かされなかった。でもそうなったということは、やはり母のほうに何かあったのだろう。

最後も最後、もうこれでお別れというときに、その母がぼくをハグした。ぼくは小学四年生。そんなことをされる歳でもなかったので、驚いた。

母のおっぱいがムギュッとなり、ぼくの右耳と母の右耳が触れた。また会えるからとか、そんな言葉はなかった。実際、会えなかった。守のことは好きだからね。と母は言った。でもそれで終わりだった。ハグは十秒もしていなかった。五秒くらいだったと思う。そして母は去っていった。

三年後に父は再婚した。その少し前に母も再婚したことは聞いていた。中一のときに、新しい母親が来た。十三歳。難しい年齢だが、おかしなことにはならなかった。その新しい母親がいい人なので、たすかった。ぼくもぼくなりにうまくやった。もちろん、ハグは一度もしてない。

正直に言うと。好美と結婚する前、ぼくは自分がいずれ離婚するのではないかと怖れていた。その怖れは今もある。相手が好美だからということではない。好美とでさえ離婚してしまうのではないかと、そんなふうに怖れてしまうのだ。

例えば親に虐待を受けて育った子は自身が親になったときに子を虐待する可能性が高い、などと言われたりすることがある。いや、むしろ絶対にそうすまいと気をつけるようになるでしょ、と思っていたが。今は何となくわかる。自分がやられたからやり返すとか、そんな理屈ではなく。要するに、近いのだ。虐待というものが身近にあったせいで、意識のなかにそれが占める割合が高くなってしまうのだ。

で、離婚が身近にあったぼくは、それを必要以上に意識してしまう。勝手に想像し、怖れてしまう。好美と離婚するわけがないと思ってはいる。でもあり得る。そうも思ってしまう。だから確認したい。離婚よりも好美のほうが身近であることを確認したい。だからハグしたい。のか？

それもまたよくわからない。こじつけであるような気もする。

結局、十二時半すぎまで、和田くんはそこにいた。およそ三時間半。本一冊を読み終えてしまう長さだ。

書棚に単行本を戻すと、和田くんは図書館を出た。そして今度は十分ほど歩き、ファミレスに入った。ビルの一階にあって駐車場はない、という都市型の店舗だ。

まずは窓越しになかを見て、和田くんがどこに座るか確かめようとした。で。

和田くんは一人ではないことが判明した。待ち合わせの相手がいたのだ。その相手は窓際の席、ぼくが覗いた窓のすぐ近くにいた。店に入った和田くんがこちらにやってきたので、そうとわかった。あわてて歩きだし、振り向いて、待ち合わせ相手の顔を見た。

「うそ」と声が出た。

好美だったのだ。

少しは疑っていた。でも本気で疑ってはいなかった。この尾行にしてもそう。好美が和田くんと会うことを確認しようとしたのではなく、会わないことを確認しようとしただけ。だからこそ、仰天した。文字どおり、天を仰いだ。

ぼくはフラフラと歩き、向かいにあるカフェに入った。通りに面したカウンター席に座る。そこからは、窓際の席に座る好美と和田くんを眺めることができた。距離があるので、たぶん、気づかれることはない。

何なら自分もファミレスに入って何か食べようと思っていたのに、それで一気に食欲がなくなった。と言いつつ、何か腹に入れておかなければ、と買ったサンドウィッチを食べ、ホットコーヒーを飲んだ。

二人は楽しそうに話していた。はっきりと視認できたわけではないが、何となく楽しそうに見えた。まあ、ファミレスで男女が向き合って座っていれば、たいていは楽しそうに見える。ウェイトレスが運んできた料理を、二人はおいしそうに食べた。これまた視認できたわけではないが、そう見えた。ものをマズそうに食べる人は、あまりいない。

図書館にいたときとは打って変わって、何も考えられなかった。虐待がどう離婚がどうと考えていたあのころの自分が幸せに思えた。不用意に尾行などしてしまったことを、ひどく後悔した。

一時間ほどで、二人はファミレスを出た。

さあ、いよいよだ。昼ご飯はすませた。このあと二人はどこへ行くのか。ご休憩、という言葉が頭に浮かぶ。振り払いたいが、振り払えない。

もう見つかってもいい、というくらいの気持ちで、ぼくは尾行をした。堂々と、した。ぼくは営業社員だ。街を歩いていてもおかしくない。全然おかしくない。この時間に君らが二人でぼくの前を歩いている。それこそがおかしいのだ。

「じゃあ」と言う好美の声が微かに聞こえた。

二人が交差点の角で別れる。

え？

好美は右へと曲がり、和田くんは直進して横断歩道を渡った。

一瞬、どちらを追うべきか迷う。

まあ、和田くんだろう。好美についていってもしかたがない。

というわけで、和田くんについていく。

和田くんはしばらく歩き、大きな書店に入った。そして小説の単行本のコーナーで立ち読みした。さっき図書館で読んでいた本かもしれない。読みきれず、続きを読んでいるのだ。

それから東京駅に行って、山手線より先に来た京浜東北線《けいひんとうほく》に乗り、座席に座った。ぼくの会社がある新橋《しんばし》で降りるのでは、と思ったが、動かず。でもそこから乗ってきたおばあちゃんに席を譲った。高齢者が乗ってきたから、一声かけて、席を立つ。さらりと譲る。慣れている感じだ。

そして和田くんは品川《しながわ》駅で降り、カフェに入った。店が狭くはなさそうなので、ぼくも続いた。営業の途中で休憩。不自然ではない。例によって和田くんの背中を見られる席に座った。これも待ち合わせだろうな、と推測する。

午後三時すぎ。その相手が現れた。好美と同じ歳格好の女性。女性と食事をしたあとに女性と待ち合わせ。すごいな、和田くん。と、ちょっと感心した。

和田くんの背中越しに、女性の顔が見える。きれいな人だ。楽しそうに見える、のではない。確実に、笑っている。見えないが、和田くんも笑っているだろう。笑ってる場合か。いつ誰に仕事を紹介してもらうんだよ、和田くん。

その女性との面会も、やはり一時間ほどで終わった。店を出ると、二人はやはりあっさり別れた。

和田くんは再び書店に入った。今度は小さな店なので、ぼくは入らなかった。

もういいだろう、と思った。というより、気づいた。和田くんは好美と会った。そして、別れた。このあとの再合流はないだろう。もはや和田くんを尾行する意味はない。

とはいえ、ぼく自身、今さらやることもない。会社を休んだことは、好美には言ってない。いつもどおりに帰宅しなければならない。時間をつぶさなければならない。

ということで。山手線で有楽町《ゆうらくちょう》に行った。映画を観ることにしたのだ。

会社をサボるどころか休んで映画。それも、会社の隣の駅にある映画館で映画。完璧なダメ社員だ。

上映開始時刻さえ合えば、映画は何でもよかった。邦画でも洋画でも。字幕でも吹替でも。何なら、時代劇でもアニメでも。

時刻が合ったのは、ハリウッドの映画だった。いわゆるラヴコメディ。絶滅したかと思われたジャンルだ。

平日の午後の回。館内はガラガラだった。

映画のストーリーはシンプル。ともに浮気をしていた三十代の夫婦が周囲を巻きこむ壮絶なケンカをくり広げた末に仲直りをする、というものだ。

意外におもしろかった。アメリカ人らしいということなのか何なのか、夫婦はケンカをしながらも、毎朝ハグをし、キスをした。それだけはした。

どんなにいがみ合ってても、こうして一日一度抱き合えば、最悪の事態にはならないものだよ。と夫は言った。いいぞ、夫。とぼくは思った。

でも抱き合うくらいのことですべてがうまくいくとは思わないでね。と妻は言った。そりゃないよ、妻。とぼくは思った。

夫婦は離婚した。が、最後には復縁した。どうとらえていいかわからなかった。

二人の子どもたち、びっくりするほどかわいいブロンドの兄妹は、両親の復縁を素直に喜んだ。兄は十歳で妹は八歳。傷は残るだろうと思った。復縁したからといって、離婚がチャラにはならない。気持ちはデジタルデータとはちがう。そう簡単には整理できないのだ。

何であれ、復縁してよかった。と思いつつ、映画館を出た。

空はもう暗くなっていた。ちょうどいい時間だ。東京駅まで歩き、いつも乗る下り快速に乗った。いつものスーツにいつもの電車。それでやっと帳尻《ちょうじり》が合った感じがした。

無理に合わせたんだけど。

みつば南団地には、いつもどおり、七時四十分ごろに着いた。

リロリロリロリロ、の音に応えて、好美が玄関のドアを開けてくれる。

「おかえり」

「ただいま」

いつもならここでハグをするのだが、しなかった。しないの？　とは好美も言ってこない。和田くんが二泊三日で滞在中だから自重した、と思っているのだろう。

「和田くんは？」と尋ねてみる。

「まだ。今日も八時ちょうどに来るんじゃないかな」

和田くんの名を自分がすんなり出せたことにほっとした。好美がすんなり応じたことには、ほっとできなかった。

が、好美はすぐに意外なことを言った。

「今日ね、慶くんとお昼食べちゃった」

「え？」

「お昼ご飯。ランチ」

「どこで？」知ってるけど。

「ファミレス。東京の」

「ほんとに？」ほんとだよ。

「うん。朝、守くんと慶くんが出かけたあとに思ったの。慶くん、あんまりお金ないんだよなぁって。だから、メールを出して、ランチに誘った」

和田くんは図書館で何度かガラケーをいじっていた。あれ、メールのやりとりをしてたのか。

「でね、図書館にいるって言ってたから、近くのファミレスで会うことにしたの。もちろん、おごった。といっても、八百円ぐらいのランチだけど。焼きカレーとサラダとコーヒーのランチ。おいしかった」

そうか。あれ、焼きカレーを食べてたのか。

「朝お金を渡せばそれですんだんだけど。わたしが出ていってよかった。何かヤラしいもんね、お金を渡すなんて」

「そう、だね」

「出る前に、そうするよって守くんにもメールしようかと思ったんだけど、お仕事中だし、そんなことで邪魔しちゃ悪いとも思って。よかったよね？　しなくて」

「うん。よかったよ。だいじょうぶ」

何がだいじょうぶなのか。仕事中じゃなかったくせに。

「慶くんにも言われた。あとで古川さんに報告しなきゃダメだよって。もしもこんなとこを見られたら、どう誤解されるかわからないよって。だから報告した。慶くんが来る前にと思って」

もしもじゃない。実際に見た。誤解した。ご休憩、という言葉がよみがえる。最低だ。最悪だ。

「好美はさ」

「ん？」

「やっぱり好美なんだね」

「何それ」

「ぼく、何か泣きそう」と冗談めかして言う。

「何でよ」と好美が笑う。

笑ってくれてうれしい。冗談ととってくれてうれしい。でもいずれは本当のことを言わなきゃな、と思う。

そして午後八時。リロリロリロリロ、が鳴り、和田くんが帰ってきた。じゃなくて、来た。時計を見たら、本当に八時ちょうどだった。まちがいなく、調整してる。気をつかってる。

好美が迎えに出た。

和田くんが入ってくる。

「お邪魔します。またお世話になります」とぼくに言う。

「せっかくだから、ゆっくりしてよ」と返す。

「おかげさまで、どうにかなりそうです。仕事」

「あ、そうなの?」

「はい」

「よかったぁ」と好美。「その話は、ご飯食べながらゆっくりしようよ」

「でも先に古川さんにご報告を」そして和田くんは続ける。「午後、元カノジョに会ったんですよ」

「元カノジョ」とぼく。

「わたしの前の人?」と好美。

「いや、その前」

和田くん。モテるらしい。失礼ながら、そんなにカッコよくはないのに。

「その元カノジョの実家が会社をやってるんですよ。カーテンとか絨毯《じゅうたん》とか、そういうインテリア関係の販売会社を。で、そこに入れてもらえないかと思って、元カノジョに頼んでみたんですよね。そしたら、今日会ってくれて」

何だ。あのカフェの彼女が、仕事を紹介してくれる人だったのか。

「で?」

「で、明日、親父さんが会ってくれます」

「社長さんだ?」

「はい」

「その元カノジョも社員なの?」と好美が尋ね、

「いや、ほかの会社で働いてるよ」と和田くんが答える。

「なのに紹介してくれるんだ？　実家の会社に」

「なのにというか、だからじゃないかな。自分も社員なら、紹介しづらいと思うよ」

どちらにしても、すごい。普通、元カレシを自分の父親がやってる会社に紹介しないだろう。つまり。好美と同じように、あの彼女とも、おかしな別れ方はしなかったということだ。カレシとしてはともかく、人としては信頼されていたということだ。昨日初めて会ったばかりなのに、何となく納得できてしまう。この和田くんならそうかも、と思えてしまう。

「おめでとう」と好美が言い、

「おめでとう」とぼくも言う。

「まだ早いですよ」と和田くん。「明日その社長がぼくを見て、こいつはダメだと思うかもしれないし」

「それはないと思うよ」と好美。

「ないでしょ」とぼく。

「入れる気がなかったらお父さんは会わないよ、と彼女も言ってくれたんで、だいじょうぶだとは思うんですけど。というか、思いたいんですけど」

「じゃあ、ご飯食べよ。慶くん、手を洗って。ご飯とおみそ汁、よそうから」

そして三人で晩ご飯を食べた。おかずはあじの開きだった。

このところ、魚が多い。ぼくが太ってしまったからだ。来週から土日は一緒に走ろうよ、と好美に言われている。土曜日には一緒にジョギングシューズを買いに行くことにもなっている。

あじの骨を箸《はし》で取り除きながら、自分から言う。

「和田くん、スーツ、あるの?」

「いえ。明日もこれで行きます」

これ。ヨレヨレのジャケットにチノパン。

「社長に会うんだから、スーツを着ていきなよ。ぼくのを貸すから」

「いや、でも」

「ほら」と好美に言う。「ちょっときつくなったあの紺色のやつ。あれなら和田くんにぴったり合うんじゃないかな」

「合うとは思うけど。いいの?」

「うん。そのためにわざと太ったんだと思うことにするよ。そうすれば、太ったことを悔やまないですむ」

「じゃあ、食べ終わったら、出すね」

「すいません。ありがとうございます。何から何まで」

「で、これがその何から何までの最後の何まで、なんだけど」

「はい」

「仕事が決まって、住むとこも決まるまで、ここに泊まればいいよ」

「え？」

「明日、本気で決めてきてよ。これは明日じゅうにとは言わないけど、仕事が決まったら、すぐに住むとこも決めようよ。一週間ぐらいなら、いてくれていいから」

「ほんとにいいの？」と好美。

「いいよ。スーツも、貸すんじゃなくて、あげる。やせるつもりではいるけど、やせても返せとは言わない。着てよ」

「本当に、いいんですか？」

「本当に、いいよ。明日、もしその会社に決まったら、お祝にビールを飲もう。だから決めてきてよ。ぼくもビール飲みたいから」

「わかりました。がんばります。ほんと、ありがとうございます」

いい人のふりを、してしまった。実はいい人じゃないのに。妻を疑ったり、その元カレシを尾行したりするのに。

和田くんには、今夜も一番ブロに入ってもらった。ぼくが寝る前派であることを理解した和田くんも、妙な遠慮はせず、進んでフロ場に向かった。

すぐにシャワーの音が聞こえてくる。

居間でテレビのニュース番組を見ていたら、洗いものの手を止め、好美がやってきた。

「守くん、ほんとにありがとう」

「いや、いいよ」

好美がリモコンでテレビを消し、手招きする。

「何？」

立ち上がり、寄っていく。

ハグされた。久しぶりの、好美主導のハグだ。

背中に手をまわされる。ぼくもまわす。

好美のおっぱいがムギュッとなり、ぼくの右耳と好美の右耳が触れる。

しばらくは、黙ってその感触を味わう。じんわりくる温かさを味わう。

「今朝、これがなかったでしょ？」と好美が言う。「何か、もの足りなかった。もう、あるのが当たり前になってたんだね。待ってれば守くんにハグしてもらえることが、当たり前になってた。偉そうだと思った。自分で」

「偉そうにしててくれればいいよ。ぼくがこうしたいんだから」

「今日ね」

「うん」

「確率が高いよ」

「何の？」

「妊娠」

「あぁ。でも、和田くんがいるよ」

「いてもいい。慶くん、一度眠ったら起きないし」

その情報は、夫として、あまり聞きたくなかった。

が、聞いてよかった。

両親の離婚だの何だの、そういうのは関係ないんだな、と思う。単純なことだ。ぼくは好美が好きだからハグしたい。ハグも好きだけど、その前にまず好美が好きなのだ。

ハグしたいから相手を探すわけじゃない。相手がいるからハグしたい。

「妊娠したら、わたしは一緒に走れないかもしれないけど、守くんはきちんと走ってね。自転車に乗ってついていくくらいのことはするから」

「後ろから竹刀《しない》で叩いたりはしないでね」

偶然だが、竹刀としないで、ダジャレになってしまった。好美の体が揺れる。おっぱいが揺れる。右耳も揺れる。笑ったらしい。

ハグはとっくに十五秒を超えている。一分も超え、二分も超える。

そしてシャワーの音が止む。

「もう。慶くん、おフロ早すぎ」

その言葉にぼくも揺れる。笑う。

たぶん、ぼくは人として和田くんに負けている。別れるときにカノジョを傷つけてしまったことがなくはない。電車で席を譲ることも、ないとは言わないが、そうはない。

特にやりたいこともなく、ただ無難にやってきた。それだけのことかもしれない。和田くんよりは少しツイてたから、今好美とこうしてられるのかもしれない。だとしても、それでいい。ぼくはその運を手放したくない。

何故も何もない。妻のことが愛しくてならない。結婚して一年が過ぎたのにこんなにも妻のことが愛しいが、ぼくはどこもおかしくない。

ハナダソフ

人間は、生きてさえいれば、必ず四十歳になる。誰もがなる。

子どものころ、自分は四十歳にならないと思っていた。四十歳の人たちのことは、初めから四十歳として生まれてきた人たち、のように見ていた。

四十歳はキツい。三十歳も強烈だったが、四十歳はなお強烈だ。男性の寿命は八十年として。半分。峠を越えた。もう上れない。下るしかない。

初秋。その四十歳を迎えた日の夜。僕は居酒屋でビールを飲んでいた。

ＪＲみつば駅前にある蜜葉屋。隣のチェーン店よりは格上の店だ。値段は少し高いが、料理は少しうまく、座敷も少し広いという。

掘りごたつ式のその座敷に、二十四人が集まった。四十人中二十四人だから、六割。土曜日の夜とはいえ、なかなかの出席率だろう。

僕の隣には、大塚豪《おおつかごう》が座っている。この同窓会の幹事だ。乾杯の音頭も、ついさっき豪がとった。

「子ども、ヨウくんだっけ」と、その豪に言う。

「そう。太陽の陽で、陽」

「父親が豪で、息子が陽。いいね」

「といっても、つけたのはおれじゃない。夏美《なつみ》だよ」

夏美。豪の奥さんだ。今も豪の向かいに座り、隣の女子、というか元女子とおしゃべりをしている。旧姓、児玉《こだま》。豪は、小学校と中学校で同級生だったこの夏美と結婚したのだ。

豪が夏美を、というよりは、夏美が豪を射止めた。夏美はそれこそ小学生、いや、幼稚園児のころから豪が好きだった。半ば公言してもいた。豪はどこ吹く風だったが、その風がまた夏美を燃え上がらせた。そして実際に、ゴールした。

「陽くんは、えーと、九歳？」

「だな。小三」

「豪に似てる？」

「顔はおれ似で、性格は夏美似かな」

ここでいちいちスマホの画像を見せたりしないのが豪のいいところだ。基本、めんどくさがり。幹事ではあるが、やったのは最初の声かけだけ。その後の店の予約や皆への連絡はすべて、専業主婦の夏美がやった。

「今のガキは大変だよ。習いごとをやらされたり、通信講座をやらされたり。ゲームも一日二十分まで。分刻み。おれより忙しいよ。休みの日に外で遊ぶ時間もない」

「習いごとって、何？」

「絵と水泳と英語。来年からは、絵と水泳と通信講座をやめて、塾に行くことになってる」

「じゃあ、中学は私立？」

「そうだな」

「父親と同じみつば北中には行かないわけだ」

「ああ。もう公立が当たり前でもない。おれらのころとはちがうよ」

豪と夏美は、今もこのみつばに住んでいる。蜜葉市みつば。埋立の新興住宅地だ。と、昔からの習慣でついそう言ってしまうが。造成されて、四十年になる。

僕と豪と夏美の家は同じ道沿いにある。斎藤《さいとう》家のなため向かいが大塚家、大塚家の五軒先が児玉家、という具合。だから豪と夏美は、小中の同級生同士どころか、ご近所さん同士でもあったのだ。

僕自身はと言えば。都内文京《ぶんきょう》区の賃貸マンションに住んでいる。実家にいるのは、両親と兄夫婦だ。

その斎藤家にかつての面影はない。二世帯住宅につくり替えたせいで、庭がほとんどなくなった。豪と夏美の大塚家も同じだ。

東京まで楽に通勤できるため、大人になってからもこの町に住みつづける者は多い。だからこそ、同窓会の出席率も六割になる。

「周平《しゅうへい》は今日、実家に泊まるんだろ？」と豪に訊かれ、

「帰れたら帰るよ」と答える。

「何でよ」

「何でよって。兄貴たちもいるし。何かね」

そうとしか言いようがない。泊まるなら両親が住むほうの部屋にだが、明日の朝は兄や義姉や二人の姪《めい》と顔を合わせることになる。さほど親しくもない姪たちから見れば。同窓会帰りとはいえ、酒を飲んで泊まっていく叔父《おじ》さん。やはり、何かね、になってしまう。

いつから話を聞いていたのか、夏美がいきなり言う。

「帰っても、家には誰もいないんでしょ？」

「あぁ。いないよ」

「じゃあ、泊まっていけばいいのに。何なら、ウチでもいいよ」そしてこれは豪に。

「ね？」

「そうだな。泊まってけ。陽に紹介するよ。ななめ向かいの斎藤さんの次男だって。お父さんの友だちだって」

「紹介はしてもらいたいけど。飲んだあとじゃなくていいよ。泊まるなら実家に泊まる」

「まあ、そうか。実家がななめ前なのにウチに泊まるのも、変か」

そして夏美がストレートな質問をぶつけてくる。

「斎藤くん、何で奥さんと別れちゃったの？」

この会のことで電話をもらったとき、豪には離婚したことを告げた。だから夏美も知っているのだ。

「うーん。何でだろう」少し考えて、言う。「何かがあったわけじゃなくて、何もなさすぎたのかな。一緒にいる意味が、なくなっちゃったんだね」

「子どもはいないんだよね？」

「いない。そこが救いだったよ。いたら、そう簡単にはいかなかったろうし」

「こう言ったらあれだけど。いたら、またちがってたかもよ」

「まあね」

直子《なおこ》も同じことを思ったらしい。これはもう僕の話ではなくなってしまうので、豪と夏美には言わないが。直子は僕との離婚後一年半で再婚し、今、四十にして妊娠中だという。本人からではなく、共通の知人から聞いた。十年前の披露宴にも呼んだ、大学時代の友人から。

「奥さんも働いてたの？」

「うん。だから財布は別々。家事もきっちり半々に分けてやってたよ。一人で何か食べたら、食器は自分で洗う。残しておかない。すぐに片づける」

「理想といえば理想だよね、それ」

「そう思ってたよ、自分でも。ただ、そんなのが五年も続くと、こうも思うんだよね。

あれ、おれら、何で一緒にいるんだ？　って。それからは、家事をこなすのが苦痛になっちゃってさ。一人ならあとでやるのもありだけど、二人だと、それができないんだよ。押しつけようとしてるみたいになるから」

「で、別れちゃったの？」

「そう。そこはあっさりだった。別れましょう。了解。そんな感じ」

「奥さんが先に言ったんだ？」

「うん。そうしてくれてたすかったよ。自分からは言いたくなかったから」

「それはちょっとズルい」

「向こうもそう言ったよ。で、笑った。久しぶりに二人で笑ったよ、別れることが決まったそのときになって。あとはもう、すんなりいった。マンションは賃貸で子どももいなかったから、面倒は一切なし。慰謝料も養育費もなし。財産分与もなし。と言うほどの財産はないけど。どちらかと言えば、向こうのほうが持ってたのかな。こっちはただの文具メーカー、あっちは都市銀だから」

「銀行員て、同じ銀行の人と結婚するんじゃないんだ？」

「それぞれでしょ。おれらは、ほら、大学が同じだったし」

「そのときからずっと付き合ってたの？」

「つかず離れず、かな。それがよくなかったのかもね。そんな関係に慣れてたから。結婚してそれを変えるのはしんどいなって、初めから思っちゃってたし」

座敷の通路側で声が上がる。誰かが遅れて来たようだ。

ジョッキを傾ける手を止めて、そちらへ目をやる。

女子、というか元女子。顔を見ても、誰だかよくわからない。

あらためてジョッキを傾け、ビールを飲む。飲み干す。

夏美が意味ありげに言う。

「斎藤くん、今、あかりかなって思ったでしょ」

「いや、そんなことないよ」

そんなことなくはない。なくはないが、期待していたとか、そういうことでもない。

四十歳。もうその手の期待はしない。例えば街できれいな女性を見かけても、目で追ったりはしない。目で追うというその行為を無意味と感じる。面倒と感じる。

「あかり、来るけど、遅くなるみたい。八時を過ぎちゃうかもって言ってた」

「あぁ。そうなんだ」

「でも来ることは来るから、安心して」

「安心て」と苦笑する。

せっかくだから、会いたいことは会いたい。というか、単に、今の姿を見たい。

あかりのことは好きだった。ほかにもちょこちょこ好きになった子はいたが、まあ、初恋の相手と言っていい。

まず、きれいだった。それでいて、ただのお人形さんではなく、名前のとおり、いるだけで周りを明るくすることができた。話術に長《た》けて声もいい。まさにクレオパトラだ。

中三の一時期、付き合いもした。まさに一時期。二ヵ月ぐらいだろうか。

受験の年だというのに告白し、意外にも受け入れられた。

付き合ったといっても、大したことはしていない。学校から一緒に帰ったり、家に電話をかけたりする程度。休日に二人でデート、までもいかなかったと思う。

それでも相手はクレオパトラ。付き合えたというだけで、天にも昇るような気持ちを味わった。

で、天に昇ったうえで、あっさりフラれた。好きな人ができた、と言われたのだ。

それが誰かは知らない。たぶん豪だったのだろうと思っている。色恋には無縁に見えた豪も、陰での女子人気は高かったから。

同窓会は、これが三度め。二十歳のとき、三十歳のとき、そして四十歳の今回と、節目節目に開かれている。

過去二回は、あかりと会えなかった。二十歳のときは、僕が遅れたため、早めに帰ったあかりと入れちがいになった。三十歳のときは、直前まで出席するつもりでいたが、結局、欠席した。

二杯めの中生ジョッキが届けられる。

一口飲んで、豪が言う。

「そういや、周平さ、サンじいが死んだの、知ってる？　サンホームズの、サンじい」

「えーと、クジラ公園の？」

「そう」

クジラ公園は、みつばサンホームズというマンションの敷地内にある。そのサンホームズの管理人をしていたのがサンじいだ。サンホームズのじじい。だから、サンじい。

「亡くなったの？　あの人」

「ああ。三丁目のUR賃貸に住んでたらしいんだよ。公団だったころからずっと」

「へぇ」

「陽のスイミングスクールの友だちもそこに住んでてさ。こないだ、その子のお父さんから聞いたんだ。サンじいは長く自治会の役員をやってたんだと。だから知ってたんだな。亡くなったのは、一年ぐらい前。八十は過ぎてたっていうから、別に早くはないけど」

「まさか、まだリンホームズの管理人だったわけじゃないよね？」

「ないない。せいぜい六十代までだろ、やっても」

「そうか。サンじい、亡くなったのか」と言い、つまみの蒸し鶏を食べる。「てことはさ、じじい呼ばわりしてたけど、あのころでまだ五十代だったたってことだ」

「えーと、そうだな。五十代半ばとか、そんなかも」

「それでじじい呼ばわりはキツいね」

「おれらだって、あと十年ちょいだもんな」

「でも。じじいだったけどね」と笑う。

「ああ。憎たらしいじじいだった」と豪も笑う。「憎たらしいじじい甲子園、みたいなのがあったら、県代表として推したいよな」

「積極的に推したいね」

今から二十九年前。僕らは小五。十一歳。よく言えば、大人になりはじめる年齢。悪く言えば、争いごとに目覚める年齢。

順調に目覚めた僕らは、サンじいと戦争をしていた。

サンホームズは、そのUR賃貸住宅と同じみつば三丁目にある。僕らが通っていたみつば東小の学区外だ。駅前からのびる市役所通りを渡ることで、アウェー感が出る。だから戦争もしやすかった。こちらの身元は特定されにくかったので。

その前から、クジラ公園ではたまに遊んでいた。クジラ公園は、正式名称ではない。クジラを模した大きな滑り台があったので、そう呼ばれていただけだ。

そこで遊んでいると。近くの管理事務所からサンじいが出てくる。訊かれる。君ら、どこの子だ？

僕らが即答しないことで、サンじいは、サンホームズの住人ではないと判断する。言う。ここは住む人のための遊び場だ。出てってくれ。

僕らは出ていく。サンじいが事務所に引き返すと、戻ってくる。

するとサンじいも、戻ってくる。今度は自信たっぷりに言う。お前ら、出ていけと言ったろう。君らがお前らに、出てってくれが出ていけに変わる。

そんなことが何度かくり返され、戦争は始まった。くり返されたことが、さらに何度もくり返された。何度も何度もだ。

公園と呼ばれてはいたが、公園ではない。あくまでもマンションの敷地内。私有地。だが公園の体をなしているものが公園でないことが理解できなかった。権利だの何だのに敏感な今の子たちなら簡単に理解してしまうのかもしれないが、休日に校庭で遊ぶこともごく普通に許されていた当時の僕らには理解できなかった。

ただ遊びたいだけの子どもと、それを虐げる大人。

僕らは戦わなければならなかった。実際、喜んで戦った。身元を隠そうとしていたわけだから少しは非もあると感じていたはずだが、正義のために戦争を行う魅力には勝てなかった。要するに、ちょうどいい娯楽になったのだ。戦争が。

「サンじいにしてみたら、うっとうしいガキどもだったろうな」と豪が言い、

「わざわざ挑発しに行くわけだからね」と僕が言う。

「ウチらだけじゃなかったしな、あんなことしてたのは」

「うん。六年生もいたし、西小の子たちもいたよ」

「そうそう。そいつらにもサンじいで通じたから、笑ったよ。共闘したもんな。普通なら、よその学校同士でいがみ合うのに」

「毎回きちんと出てきたもんね、サンじいも。こっちの期待を裏切らなかった」

そう。必ず出てきた。遊びはじめて十分以内には出てきた。だから待たされることもなく、僕らは戦争に興じることができた。十分で出てこないならサンじいは不在なのだと、そんなふうに思うこともできた。

作業着のような灰色の上下に、同じく灰色に見える白髪交じりの頭。小柄というのもよかった。捕まっても、どうにか逃げられそう。何なら、勝てそう。失礼ながら、小学生の敵として最適だった。

こら！　何度言ったらわかるんだ。よその子は出ていけ！

うるせえ。そっちこそ出ていけ！

何を！　お前ら、みつば西小か？　先生に言うぞ！

言ってみやがれ。じじい！

言葉の応酬はその二往復程度。

そしてサンじいの逆襲が始まる。子ども相手でも容赦なし。何と、その辺に落ちていた石を拾って投げてくるのだ。しかも砂利レベルでなく、それなりの大きさのものを。

もちろん、当たらないようにはしていたはずだ。だが、石。大人が子どもに、石。今なら相当マズいだろう。いや、当時でも、充分マズかったろう。

スゲえな、こいつ、と僕らは思った。敵ながら感心した。例えば自分の父親がよその子に石を投げるとは思えない。でもサンじいはやる。小学生相手だろうと、本気でぶつかってくるのだ。

「管理人としては優秀だよね」と豪に言う。「子どもに石を投げてまで、住人の権利を守るんだから」

「あれはあれで大変なんだろうな。住人は好き勝手なことを言ってきそうだし。ちゃんと仕事をしてるとこも見せなきゃいけない。その意味では、おれらも、悪役としてちょっとは役に立ってたのかもな」

「でも今なら、あんな野蛮な管理人はクビにしてください、になっちゃうだろうね」

「いや、その前に。おれらガキ側の誰かが、石を投げる動画を撮ってアップしちゃうだろ。みつばサンホームズの鬼畜管理人、とかタイトルをつけて」

「あぁ。そうかも」

「よかったよな。おれら、今のガキじゃなくて」

「確かに」

僕らとサンじいの戦争は、一年も経たないうちに終わった。勝ちも負けもなかった。要するに、あきてしまったのだ。僕らが。

小学生のときは荒くれ闘士だった豪は、中学生になると、一気に成長した。人として落ちつき、学業成績も上がった。一年の二学期には定期テストで学年一位になり、以後卒業までその一位をキープした。

二年のときには生徒会長に推されたりもした。だがそこは元闘士、おれそういうのはやんない、とあっさり立候補要請をはねつけ、周りからの評価をさらに高めた。

高校は、県で一番の公立に進んだ。僕が進んだ公立も決して悪くはなかったが、そこよりも偏差値が十は高かった。

それでも家が近かったので、付き合いは続いた。わざわざ会ったりはしなかったが、会えば話はした。

高校生になってやっと色恋に目覚めたのか、豪がぽろりと言ったことがあった。

中学んときに周平が付き合ってた花田《はなだ》。あいつ、すごくきれいになったよな。

通学の電車でたまに一緒になることがあり、声をかけられたのだという。

きれいになったというか、昔からきれいだったよ。

僕が礼節を失わない元カレシらしくそう言うと、豪は色恋に目覚めたての元闘士らしくこう言った。

そうだっけ。

そして続けた。

でも花田、サンじいの孫なんだってな。

え？

ほら、サンホームズのサンじい。あいつの孫。そうらしいって、夏美が言ってたよ。サンじいの名字も花田なんだと。で、サンじいは結構ヤバいやつだって話だよ。昔はカタギじゃなかったとかって。実際、こいつはあぶねえなって感じ、ちょっとあったろ？ガキに真顔で石を投げてくるとかさ。

衝撃的な情報だった。あのサンじいが、あかりの祖父。花田の祖父、ハナダソフ！

あかりから聞いたことはなかった。当然かもしれない。中学生カップルの話題として適切とは思えない。そもそも。付き合っていたとはいえ、僕らは、話自体、ほとんどしていないのだ。僕のほうが、緊張で常にガチガチになっていたせいで。

聞いてよかった、と思った。何故なら。そのときもまだ僕はあかりへの未練を残していたから。だがあかりがサンじいの孫だとなると、さらにサンじいが本当にヤバいやつだったとなると、話は変わってくる。見方も変わってくる。

そして計ったかのように座敷の通路側で再び声が上がる。

いち早くそちらを見た夏美も声を上げる。

「あかり！　こっちこっち」

午後八時すぎ。同窓会らしく、このころにはもう、それぞれが自分のジョッキやグラスを手にあちこち席を移るようになっている。

たまたま空いていた夏美の隣、僕の向かいにあかりが座る。

白のブラウスに紺のカーディガン。落ちついた服装だ。顔のつくりは、変わってない。髪型も、大して変わってない。肩までのストレート。一言で言えば、きれい。今でも人目は引くだろう。

ただ。

かなり太った。

目に鼻に口。顔のつくりそのものは変わってない。だが輪郭が丸くなった。体も同様。全体的にふくらんだ。何というか、貫禄《かんろく》が出た印象だ。それでいてきれいだから、圧倒される。ぽかんと見てしまう。

「大塚くん、久しぶり」とあかりが豪に言う。「髪、また短くなってない？　十年前はまだベッカムヘアの名残りがあったけど、もうほとんど坊主じゃん。大手損保って、坊主ありなの？」

「おれは営業に出るわけじゃないしな。出るとしても、平気だろ。スキンヘッドは、ちょっとマズいかもしんないけど」

「隣は誰だかわかる？」と夏美が尋ねる。

「わかる。斎藤くん。前回、会ってないよね？」

「あぁ。あのときは、ちょっと結婚しに行ってた」

「は？　何それ」

「相手の両親のとこに行ってたんだよ。娘さんをくださいって言いに」

「ほんとに？」

「ほんとに。急にこの日がいいって言われて、しかたなく」

「で、結婚したんだ？」

「した。で、別れた」

「え？」

「離婚した。二年前」

「そうなの？」

「そう」

「花田も結婚したんだよな？」と豪が言う。「名字、何だっけ」

「花田」

「何、もしかして、婿さん？」

「じゃない。花田に戻った。別れちゃった」

「マジで？」

「マジで。今日の件で夏美に電話をもらったときはまだ結婚してた。別れたのはそのあと。二週間も経ってないよ。離婚ほやほや」

「マジかよ」

「だからマジよ。早く言えてよかった。何て切りだそうかと思ってたもん。と、無事に言えたところで、何か飲ませてよ」

「あぁ、そうだ。何にする？」

「ビール」

「ジョッキでいい？」

「ジョッキでいいというか、ジョッキがいい。グラスでチマチマとか、めんどくさい」

ということで、すぐに中生ジョッキが届けられた。僕と豪の三杯めも含めて、三つ。

それらをガチンと当てて、二度めの乾杯をした。二杯めで早くもウーロン茶に切り換えた夏美も、グラスでカチンと参加する。

あかりはゴクゴクと生ビールを飲む。ジョッキの三分の一ほどを、一気に。

「あぁ。仕事のあとの一杯は、やっぱりおいしい」

「今日、仕事だったの？」と僕が尋ねる。

「うん。土曜日もたまに出る。といっても、早めに切り上げたけど。家に帰って、シャワーを浴びて、またメイクをして、来た」

割り箸を割って小声でいただきますを言い、あかりはつまみの酢豚を食べる。

「刺身とか、もうちょっと頼むか」と豪が夏美に言う。

「いい、いい。これで充分。酢豚、好き。二十代のころは食べなかったけど、最近好きになった。ほら、家庭の不和って、やっぱりストレスになるから、ついつい高カロリーなものを食べちゃうのよ。だから太っちゃった」あかりは僕と豪を見て、続ける。「って、笑ってよ。そうしてくれないと、言ったわたしがツラいじゃない。太ってないよとか、四十なんだからみんな太るよとか、そういうのはいいから、せめて笑ってよ」

というその言葉に笑う。

さすがはあかりだと思う。いるだけで、場が明るくなる。レストランバーなどとちがってそもそもが明るいこの蜜葉屋の座敷でさえ、さらに明るくなる。華やかになる。

「会社、何やってるとこ？」とも尋ねてみる。

「寝具をつくってる。フトンとか枕とか。ウチのフトンは、ほんと、寝心地いいよ～。社員割引があるからとかじゃなくて、わたし、全部ウチのにしてるもん。もう快適も快適。快適すぎて、やっぱり太っちゃった」

というその言葉にまた笑う。

一応は元カレシ。少しは気まずい感じになるかと思ったが、そんなことはない。二十数年という月日がすべてを押し流してくれたらしい。二ヵ月という交際期間の短さが、かえってよかったのかもしれない。いや、ヘタをすれば。僕は元カレシとしてカウントすらされていないのかもしれない。

あかりのもとへは、男女を問わず、多くの同級生たちが、入れ替わり立ち替わりやってきた。

皆、あいさつをし、あれこれおしゃべりもする。適度に旧交を温めたうえで、自分の席に戻っていく。なかには、持ってきたグラスをあかりのジョッキにカチンと当てていく者もいる。

たとえ成長しても、十代のころに築いた人間関係は変わらない。あかりは今も、周りにいる者たちを引き寄せる。この人と関わりたいな。そんな気持ちまでは、二十数年の月日も、押し流さない。

ようやく波が引いたところで、あかりが言う。

「それにしても、まさか斎藤くんまで別れてるとはね。何でしちゃったの？　離婚」

「えーと」

二度説明させるのは気の毒だと思ったか、夏美が言う。

「何かがあったわけじゃなく、何もなさすぎたんだって。お財布は別々で、家事は半々。そうしてるうちに、一緒にいる意味がわからなくなった。でいいんだよね？　斎藤くん」

「まあ、いいかな」

そうまとめられると、ひどく陳腐に聞こえる。何だそれ、と、僕自身が言いたくなる。

「子どもは？」とあかり。

「なし」と夏美。「だから慰謝料も養育費もなし。何もなし。だよね？」

「まあ、そう」

何だそれ。

「別れて、どう？」とあかりに訊かれる。

「どうって？」

「すっきりした？」

「まあ、すっきりしたことは、したかな」

「してなそう」

「うーん。何もなかったことはなかったんだけど。一人になって、思ったよ。何もないとこにもぽっかり穴はあくんだなって」

「語るねぇ」とあかりが笑う。「わたしはすっきりしたよ。もっと早く別れればよかったって後悔したくらい。結婚して、すぐに思ったのよ。この人は子どもができてもダメだなって。子どもができて変わるダンナさんもいるけど、変わらない人もいる。だから、つくらなかったの。向こうもほしがらなかったし」

「そうか」

「まあ、円満な離婚なんてないよね。そこを円満にいけるくらいなら別れない。ほら、芸能人とかがよく言うじゃない。憎み合って別れるわけじゃないとか、離婚しても友だちではいますとか。あんなの、絶対うそだと思う。カッコつけんなよって言いたくなる。言えば言うほどカッコ悪いよって」

「おぉ。カッコいいよ、花田」と豪が笑う。

「あかり。男前」と夏美も笑う。

僕も笑う。あかりのおかげだろう。笑える。離婚を。

もう一年経ってるならいいかと、軽い気持ちであかりに言う。

「おじいさん、亡くなったんだね」

「ん？」

「えーと、みつばサンホームズの」

「は？　何それ」

「いや、あの、あそこで管理人をしてた人。おじいさん、だよね？」

「ちがうよ。わたしのおじいちゃん、二人ともとっくに亡くなってる。二十代のころには、もうどっちもいなかったよ」

混乱した。自分で持ちだしておきながら、話が見えない。

豪はきょとんとしている。

夏美は、初めて聞いたような顔をしている。悪く見れば、知らんぷりをしている。知らないわけがないのだ。夏美が豪に言ったのだから。ただ、豪が僕にその話をしたことは、知らないのかもしれない。

ヤバい、と何となく思った。頭のなかで黄信号が点滅する。

「クジラ公園の人ってこと？」とあかりが訊き返す。「あのマンションの管理人さん？」

「そう」瞬時の判断で、こんな言い方をする。「あの人、確か、花田さんじゃなかったっけ」

意外にも、答が返ってくる。

「花田じゃなくて、ハマダだよ。浜辺の浜で、浜田」

「そうなの？」

「そう。聞いたことがある。あそこの事務所でお菓子とか食べたときに、聞いたのかな。本人から直接。だよね？　夏美」

「うーん。よく覚えてないけど」

ほんとに覚えてない？　とは訊かない。話はちょっと見えてきたような気がする。

「斎藤くんたちみたいに、わたしたちもたまにあの公園に遊びに行ってたのよね。同じ書道教室に通ってた西小の子があそこに住んでたから。で、行けばお菓子をくれるっていうんで、あの事務所にも行ってたの。そこで聞いたんじゃないかな。でなきゃ、知りようがないし」

言われてみれば、思いだす。

十分待ってもサンじいが出てこないので、管理事務所の窓を外から覗いてみると。女子数人とサンじいが、お菓子を食べながら談笑していた。クソじじい、何で女子にはお菓子で男子には石なんだ！　と憤った記憶がある。

「あの人、いい人ではあったけど、微妙にエロかったかな。みんなかわいいねぇ、とか、お母さんもきれいでしょ？　とか、そんなことばかり言ってたよ。だから一人では行かないようにしてたもん。で、何、斎藤くんは、名字が同じだからあの人がわたしのおじいちゃんだと思ったわけ？」

「何か、そう聞いたような気が。たぶん、勘ちがいだな」とごまかして、ビールを飲む。さっきのあかりのように、ゴクゴク飲む。

参った。

サンじいは、あかりの祖父じゃなかった。ハナダソフじゃなかった。

では何かと言えば。

ただのエロじじい。

僕がこの件を持ちだしたときの豪の反応は本物だったと思う。サンじいとあかりの関係のことなど本当に忘れていたか、忘れてはいなかったにせよ、信じてはいなかったのだ。たとえ信じたとしても、気にはかけなかっただろう。豪なら。

夏美はそこを見誤った。豪をあかりにとられることを怖れたのだ。僕に言ったように、豪は夏美にも言ったのだろう。あかりはすごくきれいになった、というようなことを。で、豪一筋の夏美は、危機感を覚えた。だから思い余って豪にあんなことを言った。あかりはサンじいの孫らしいと。ついでに、サンじいは結構ヤバい人らしいと。あくまでも、らしい、と。

これが突飛な推測だとは思わない。昔の豪と夏美を知っているからわかる。納得できてしまう。

そして豪が本気にはしなかったそのうそ情報を、無関係なところで本気にしてしまった者もいた。

誰か。

僕だ。

恥ずかしい話、僕はハナダソフのことを聞いて、あかりへの未練を断ち切った。そんな自覚はなかったが、今思えばそうだ。

もしそうなっていなかったら。

例えば間を置いて僕があかりに再告白、などということもあり得ただろう。

現に。おそらくあかりが思いを寄せていた豪は、あのあと夏美と付き合うようになる。

それであかりが豪をあきらめた可能性もある。と僕が判断した可能性もある。

と、そこまで考えて、苦笑する。

そんな、あり得た未来までもが、今や過去のものとなっている。そのことに、さして動揺しない。夏美に腹も立たない。

あかりがビールをゴクゴク飲み、酢豚をパクパク食べる。

おいしそうに酢豚を食べる四十歳女子はいい。何なら美しいと言ってもいい。腐っても鯛《たい》、太ってもクレオパトラ、だ。元も何もない。女子は女子。というか、別に元女子でもいい。何でもいい。いい意味で、何でもいい。

「花田。次は？　またビールでいい？」と豪があかりに尋ねる。

「ビールでいい。というか、ビールがいい。結局さ、一番おいしいのはビールだよ。この歳になって、そう思った」

ちょうど空き皿を下げに来た店員に、夏美が中生のお代わりを頼む。

あらためて、僕は座敷を見まわす。

同級生たちの笑い声が、あちこちから聞こえてくる。

パン！　と手を叩き合わせる音も聞こえる。いや、傑作！　の、パン！　だ。それが二つ三つ重なることもある。パパパン！　という感じに。

「パンて手を叩くあれ」とあかりが言う。「ほんと、おじさんおばさんぽいよね。昔はしなかったはずなのに、いつの間にかするようになってんの」

「実際、もうおじさんおばさんだしな」と豪。

「そうなのよ。で、もうおじさんおばさんだからこそ、ガーッと進んでいくしかないんだよね。十代二十代じゃあるまいし、振り返ってる時間なんかないじゃない。離婚であいた穴は、跳び越えていかないと。といって、そこはおじさんおばさんだから、跳躍力もなくなってはいるんだけど」

「確かにないな、跳躍力。駅の階段で一段抜かしとか、かなりキツいよ。こっちは一段抜かしてんのに、抜かさないで駆け上がる高校生に軽く追い抜かれるからな」

ジョッキのビールを飲み干して、あかりが今度は僕に言う。

「斎藤くんさ、わたしたち、付き合っちゃおうか」

「え？」

「バツイチ同士、勢いで」

一瞬、場が静まる。

あかりは笑顔で続ける。

「いやいや。本気にしないでよ。冗談だから。その勢いは変でしょ。一番やっちゃいけないパターンだよ」

「いけないことは、ないんじゃない？」と、何故か楽しそうに夏美が言う。

今ここで君がそれを言うかね、と思う。思いつつ、笑う。やはり腹は立たない。

一番やっちゃいけないパターン。まさにそのとおり。同窓会で再会して、交際。安っぽい。あまりにもいかにもだ。絶対にやっちゃいけない。いけないが。それこそ十代二十代のころのように、可能性はゼロだと初めから自分で決めつける必要もない。離婚する可能性はゼロだと思って結婚しても、人は離婚するのだし。

飲みの席での冗談。戯《ざ》れ言《ごと》も戯れ言。だがおじさんおばさんが集まって、そんな戯れ言を言っていることが楽しい。ほぼ全員、体重は増えた。人によって、頭髪は減った。だが同じ年月を経てきた者同士で楽しめていることがうれしい。

今なら。あかりがサンじいの孫であったとしても関係ないな、と思える。カタギでないどころか、サンじいが昔刑務所に入っていたとしても関係ない。そう思える。サンじいはすでに亡くなったから、ということでもなく。

僕も、ちょっとは成長したのかもしれない。

とはいえ。

やっと成長したと思ったら、もう四十。

あかりが言ったように、過去を振り返ってはいられない。これからは、おじさんなりにガーッと進んでいくしかない。

でも、無闇に急ぐこともない。少なくとも、同窓会のこの時間は、僕とあかりがほんとに付き合ったりしてな、という夢想をただただ楽しんでいればいい。

人生八十年。あと半分。今まさに峠を越えた感じがする。

何もなかったしころにぽっかりあいた穴が、少しは埋まったような気もする。

カートおじさん

中高生のころは思っていた。将来スーパーのレジのおばちゃんにだけはなるまいと。なるはずはなかろうと。

なっている。

結局、てっとり早いのだ。仕事の内容はわかっている。職場の雰囲気もわかっている。ある程度勤務時間を選べる。ほぼ常にパートが募集されている。

大都《だいと》が小四に上がり、手がかからなくなったのを機に始めた。あと二ヵ月で、丸五年になる。三十七歳が、四十二歳にもなるわけだ。

三十代のときは若きレジのおばちゃんを自認していたが、四十代に入った今は若きをつけるつもりもない。ただの、レジのおばちゃんだ。

昔はお客さんと無駄話をするレジのおばちゃんがいたものだが、もうそんな人はいない。今は効率が最優先。

レジのおばちゃんも変わった。というか、レジ自体が変わった。昔にくらべて、操作は格段に楽になったはずだ。わたしが子どものころは、まだすべて手打ちでやっていた。

今は商品のバーコードをかざすだけで機械が読みとってくれる。お釣りも自動で出してくれる。わたしたちは、バーコードシールが貼られてない日替わりの特売品や生鮮食品の入力に注意していればいい。

ただし。店員としての規律は遥かに厳しくなっている。

制服は、淡いブルーのニットシャツに黒のパンツ。私物のカーディガンを羽織ったりはできない。寒ければ、上に同じく淡いブルーのブルゾンを着る。華美なネックレスの装着は禁止だし、指輪も結婚指輪以外は禁止。

いらっしゃいませ、や、ありがとうございました、のほかにも、お待たせしました、や、レジ袋はご入用ですか？　などの声かけをすることが義務づけられている。お釣りのお札はお客さんの前で一枚一枚数えることになっているし、小銭と合わせた金額を読み上げることにもなっている。

バーコードのおかげで、四、五千円分の買物をするお客さんでも、会計はわずか一、二分ですむ。次から次へと、自分の前を人が流れていく。体も自然に動く。声も自然に出る。そうなると、時間が経つのは早い。お昼前のピーク時は、あっという間に一時間が過ぎる。

「お待たせしました。いらっしゃいませ」「こちら割引商品です」「トマトが、全部で六個ですね」「コロッケは、四個ですね」「先に、一、二、三、四。四千円と」「あと、七百五十八円。四千七百五十八円のお返しです」「ありがとうございました」

そんなことを何セットもやる。ご高齢のかたや小さなお子さん連れのお母さんの代ずみカゴは、サッカー台まで自ら運ぶ。ぎっくり腰や転倒に気をつけなきゃ、と思いつつ、小走りに向かい、小走りに戻る。レジから離れる時間は、少しでも短くしなければいけない。

そして休憩や上がりの時刻になると、交替の人が来てくれる。今日はわたしより二歳上の寺尾《てらお》さんだ。

「おつかれさまです。替わります」

「おつかれさまです。お願いします」

お客さんが途切れるわけではないが、一人を終えたところでレジを素早く操作し、担当者名を切り換えて、スルリと入れ替わる。台の下に置いておいた私物入れの透明なビニールバッグを取り、三番レジをあとにする。

「おつかれ」と同じく交替してきた金沢正枝《かなざわまさえ》さんに言われ、

「おつかれさまです」と返す。

正枝さんはわたしより六歳上の四十八歳。パートのキャリアでは二年上だ。つまり勤続七年。長いように感じられるが、この仕事ではそうでもない。十年選手もざらにいるし、一度やめてまた復帰する人もいる。なかには二度復帰する人もいるし、三ヵ月で復帰する人もいる。仕事が合わなくてすぐにやめてしまう人もたくさんいるが、半年もてば、あとは続くことが多い。

正枝さんと二人、広い通路を歩き、バックヤードの休憩所へ向かう。

「直美《なおみ》さん。今日、空調、暑すぎない?」

「そうですか?　ちょうどいいと思いますけど」

「また太ったからかな。わたし、ちょっと暑いわ。ノドもカラッカラだし」

「それはわかります。空気は乾いてますよ」

「パリッパリよね」

「ですね」

立ち仕事のため、寒さを感じることはあまりないが、空気の乾燥には悩まされる。お札に脂分を吸われるので、指先がカサカサになるのだ。クリームを塗っても追いつかない。冬のこの時期はもう、常にどこかがひび割れている。しゃべりにくくなるのでわたしはしないが、ノドを守るためにマスクをする人もいる。

正枝さんがサッカー台のほうを見て、言う。

「今日もいるわね。カートおじさん」

「いますね」

カートおじさん。外国人ではない。どう見ても日本人だ。いつもああやって、買物客用のカートを片づけている。お店の人間でもない。あくまでもお客さん。

歳は、見た感じ、七十代後半。毎日のように、広い店内のあちこちで見かける。衣料品売場でも見かけるし、食料品売場でも見かける。くつ下を手にとって眺めていたり、カップ麺を手にとって眺めていたりする。決してあやしい人ではない。買物はきちんとしてくれる。パンやおにぎりやお惣菜《そうざい》、さらには細々とした日用品を買っていく。たぶん、一人暮らしで、その日に必要なものだけを買いに来ているのだろう。

で。ほかのお客さんが片づけてくれなかった買物カートをもとの場所に片づけてくれる。それらを探し歩いているような感じもある。時には駐車場の隅に置き去りにされたカートを片づけてくれたりもする。すべて自発的にやってくれていることだ。やってくれなくても店は困らないのだが、やってくれる。警備員さんがサボっているようにも見えてしまう。

わたしも一度、それとなく言ったことがある。あ、いいですよ。こちらでやりますから。

カートおじさんはわたしを見た。が、何も言わず、そのままカートを押していった。

わたしにだけでなく、誰にでもそんな感じらしい。古株で人当たりのいい正枝さんに対しても同じ。そう聞いてからは、見かけても、ただ会釈をするだけにした。

従業員通用口の扉の前で振り返り、ありがとうございます、と頭を下げる。そしてバックヤードに出て通路をさらに歩き、休憩所に入る。

日曜日の午後は、そこでミーティングが開かれる。休日はお客さんも多いが、出勤する従業員も多いので、このハートマート四葉店の場合は、注意事項の周知を徹底するべく、土日の二度に分けて実施しているのだ。

進行は、正社員の鳥居《とりい》くんがする。

鳥居くんは三十歳。未婚。ややぽっちゃり型。あんた早く結婚しなさいよ、何ならわたしがダンナと別れて再婚してあげようか？　などと正枝さんにいつもからかわれている。鳥居くんて目と鼻と口を換えればイケメンよね、などとほかのおばちゃんたちからもからかわれている。悪く言えば、甘く見られている。よく言えば、好かれている。

休憩所には狭い座敷もあるが、ミーティングのときは、皆、テーブル席に着く。今いるのは、商品補充のパートさんも含めて、二十人強。わたしは正枝さんと並んで座る。

壁際にあるホワイトボードの前に立って、鳥居くんが言う。

「今日はまたいつもの確認なんですけど」

「いつも、いつもの確認じゃない。たまには新しいこと言ってよ」と正枝さんがさっそく茶々を入れ、笑い声が上がる。

「我慢して聞いてくださいよ。こうやって、お互い何度も確認し合うことが大事なんですから」

「こわいこわい。それって、洗脳だわ」

「えーと、毎度言いますが。万引による商品ロスがなかなか減りません。これはほんと、バカにならない損害です。カメラやセンサーを付けたり、警備員さんが巡回したりはしてますが、それだけではどうしても限界があります。店全体で、ウチでは万引なんてできませんよ、きちんと警戒してますよ、という姿勢を示すことが大事です。皆さんも、レジや売場に向かうとき、またはそこからこちらへ戻るとき、すれちがうお客さまには、いらっしゃいませ、と笑顔で声をかけることを心がけてください。そう言われて不快に思うお客さまはいませんし、それがまた、店の人に見られてるのだという意識にもつながります。店員すべてがそうなら、そんなお店で万引をしようとは思わないですよね？ということで、会釈をするだけでなく、声もかけてください。そうすれば、お店としての活気も出ます。いらっしゃいませ、だけじゃなくていいですよ。そこは臨機応変でかまいません。ちょうど商品を買物カゴに入れてくれたのなら、ありがとうございます、でもいいですし。そうやって、全員で健全な空気をつくり上げていきましょう」鳥居くんはテーブル席を見まわして言う。「何か質問は、ありますか？」

「例えばだけどさ」と正枝さん。「通路を歩いてて、万引の瞬間を見たとするでしょ？そしたら、捕まえちゃっていいの？」

「いやいや。それはやめてください」

「じゃ、どうすんのよ」

「警備員さんに伝えてください。それだけでいいです」

「そう都合よく警備員さんが近くにはいないわよ。店は広いんだから。呼びに行ってるあいだに逃げられちゃうじゃない」

「だとしたら、しかたないです」

「それじゃ減らないでしょ、被害は」

「でも、その人が店を出るまでは確定とは言えないので」

「自分のバッグに商品を入れちゃっても？」

「本当は、その時点で窃盗罪は成立します。ただ、レジで支払いはするつもりだったと言われたらそれまでですから」

「払うわけないじゃない」

「ないですけど。理屈としてはそうなっちゃうんですよ。買物カゴは邪魔だから持ちたくなかった。そんな言い訳をする人もいます」

「じゃあ、買物カゴを持ってるのに自分のバッグに入れた場合は？」

「同じことですよ。言い訳はいくらでもできます。肉や魚と同じカゴに入れたくなかったとか、レジで出すつもりでいたとか」

「変なの」

「とにかく。レジを通らずに店の外に出て初めて万引は成立、というのが残念ながら一般的な認識ですから、そうでないうちに不用意な声かけはしないでください。かける声は、いらっしゃいませ、や、ありがとうございます、だけでいいです」

「万引した人にありがとうございますって言っちゃうの？」

「その場合は、まあ、会釈程度で」

「会釈と思わせて睨《にら》みをきかせるわけね、見たわよって」

「睨みは不要です。普通でいいです。ヘタしたら、店のほうが名誉毀損《きそん》で訴えられる、なんてことになっちゃいますから。実際ね、そんな事例もあるんですよ。わざと万引したように見せて、声をかけられたら騒ぐ」

「騒いでどうすんの？」

「慰謝料的なものを要求するんですね」

「うわ、最悪」

「だから、くれぐれも気をつけてください。不用意な声かけはしないということで」

「了解。わたし、訴えられたくない」

　こういう話が出るたびに、心がチクリと痛む。

　二ヵ月前。去年の十二月。大都がコンビニで万引をして捕まった。いや、捕まってはいない。警察沙汰《ざた》にはなってない。学校にも通報されてないはずだ。親のわたしが呼び出されたりもしてないから。

　コンビニの店長さんに話を聞いたときは驚いた。知らない番号からかけてわたしが出なかったら困る、ということで、大都のスマホからわたしのケータイに電話をかけてきたのだ。まずは大都自身がかけ、わたしが出たら、すぐに店長さんに替わった。

　パートがある日でなくて、本当によかった。もしある日だったら。仕事中に電話は受けられないので、あとで事実を知ることになっていただろう。大都をいつまでも事務所に置いておけない店長さんが、やむなく警察なり学校なりに連絡していたかもしれない。

　電話を受けたわたしは、すぐにコンビニに駆けつけた。駆けつけたというよりは、もう、飛んでいった。

大都は青ざめた顔で事務所のイスに座っていた。ちょこんと。背もたれにもたれることもなく。

万引したのは、チョコレートだった。薄い板チョコタイプのものだ。買っておけば食べるが、特に好きでもない。ちょっと意外だった。しかも先にガムを買っていたという。それはレジを通していたという。

聞けば。大都はガムを買ったあとに、マンガ雑誌が発売されていたことを思いだし、立ち読みした。そして店を出ようとした際に、商品棚の板チョコを見て、ふと思った。

もしかして、とれちゃうんじゃないか？

チョコを手にとって上着のポケットに入れ、大都は店を出た。すぐに店長さんに腕をつかまれた。店長さんは店内でも大都のすぐ後ろにいたのだそうだ。あやしいと思ってあとをつけてたわけではなく、たまたま。冷蔵庫のところからレジに戻ろうとして、たまたま。

チョコが食べたかったんじゃない。自分でもよくわかんない。大都はそう説明した。

ほんとにとれちゃうのかどうか、試してみたくなって。

何よそれ、とわたしはひどく怒った。あやうく初めてビンタをするところだった。

店長さんには何度も謝った。何度も何度も頭を下げ、もちろん代金は払いますし、お店で一万円分ぐらいの買物もしますから警察や学校に言うのは勘弁してください、とおたら。

願いした。大都は中二。来年度は受験だ。なのに、万引。内申書にそんなことを書かれ

軽い気持ちでやってしまったのはまちがいない。大都の青ざめた顔を見ればそれがわかった。乗りもの酔いで気分が悪くなったときでも、そこまでは青ざめない。やったのは初めて。その言葉にもうそはないと思えた。

こんなことは何度も経験しているはずの店長さんも、そう思ってくれたらしい。二度としない、させないと約束してください、とわたしに言った。次はもう、お母さんは呼びません。警察か学校に即通報します。

わかりました。本当にすみませんでした。本当に本当にすみませんでした。お心づかいに感謝します。ありがとうございます。言いながら、大都にも頭を下げさせた。下げが甘いので、後頭部に手を当てて強引に下げさせた。

合計二十度は頭を下げ、わたしは大都を連れてコンビニを出た。一万円とはいかなかったが、高価格帯の食パンやハンバーグや豚の角煮をあえて選び、三千円分くらいの買物はした。

帰り道、大都は本気でへこんでいた。珍しく自分から、ごめんなさい、と言った。ほんとに初めてなのね？　と訊いた。うん、と大都は答えた。うそをまったくつかない子ではないが、そこは信じることができた。もう絶対にしないと約束して。しないよ、約束する。

その翌日、コンビニの店長さんにはもう一度謝りに行った。菓子折りを持ってだ。

店長さんは驚いた様子で、朗らかに言った。何かすいません。大都くんにも、また買物に来るよう言ってください。出入禁止みたいなことは、ありませんから。むしろたくさん買物をしてくれるとたすかります。

いい店長さんで、本当によかった。大都自身にも、いい薬になったと思う。初めてのときに店長さんが見つけてくれてよかった。見つかってしまうのだと、気づかせてくれてよかった。

大都は、たまにそんなとぼけたことをやってしまう。調子に乗って勢いよく立ち漕ぎしていたブランコから何故か手を離して頭から地面に落ちてしまったり、教室でふざけて振りまわしていた傘で女子の顔を叩いてしまったり。

ブランコが小二で、傘が小五。ブランコは自爆だからよかったが、傘のときは大変だった。目に当たってたらどうするんですか！　と親御さんに激怒された。まったくその通りだ。悪気がなかったとはいえ、単なる事故ではすまされない。そのときも、ただひたすら謝った。菓子折りも持参した。商品券さえ持参した。

小二と小五。三年ごと。中二ではないだろうと思っていたら、それ。三年後は高二。そこは本当にやめてほしい。高二の男子。カノジョに子どもができちゃって、などというのは絶対にやめてほしい。

ただ。

バカな子は、かわいいのだ。

自分が産んだその瞬間からわたしは大都を知っている。一日一日を、ともに過ごしている。髪が伸びるのを見ている。背が伸びるのを見ている。もう中二だから、最近は前ほど口をきいてくれない。ウゼえなぁ、みたいな顔をされることもある。頭にくることもある。でも、かわいいのだ。やっぱり。

もしも夫の高志《たかし》がわたしに隠れてパソコンでヤラしい画像を見ていたら、気持ち悪い、と思うはずだ。が、大都が見ていても、そうは思わない。やめてほしいとは思うが、気持ち悪いとまでは思わない。男の子だからしかたない。そう思う程度だろう。

その気持ち悪い高志も、昔、万引をして店員に捕まったことがあると言っていた。生まれて初めて自分が言い逃れのできない悪人の立場になり、愕然《がくぜん》としたそうだ。その苦い気持ちを味わったからこそ、以後は二度としなくなったという。

大都の万引の件は、その夜のうちに高志に言った。お父さんには言うからね、と大都にも言った。マジで？　と大都は言ったが、マジで、とわたしが返すと、それ以上は何も言わなかった。

話を聞いて、高志は苦笑した。いくらか楽しげでもあった。やっぱ親子だなぁ。しちゃったか、万引。と言った。変なとこで親子を感じないでよ、とわたしが叱っておいた。

翌朝、高志は、もうすんなよ、と言い、うん、と大都は言った。それだけだった。

ネットのニュースか何かで読んだ。夫が子の父親か自信を持てない妻は、案外多いらしい。実はわたしもそれに近い。二股《ふたまた》をかけていたということはないが、前のカレシと別れてすぐに高志と付き合ったから。まさにすぐ。それこそ三日後ぐらいに。

だから大都の件では、変に安心した。あぁ、やっぱり大都は高志の子だわ、と思えた。まあ、それ以前に。百人いれば百人がそう指摘するぐらい、大都の顔は高志にそっくりなのだけれども。

あれこれ話を続けていた鳥居くんが、最後に言う。

「では皆さん。まだまだ寒いので、今後も体調を崩さないよう気をつけてください。インフルエンザも今がピークです。気をつけつつも、どうか無理はなさらぬよう。おかしいな、と思ったら、休んでいただいて結構です。ほかのかたやお客さまにうつしてしまうのが、一番よくありませんので。ということで、今回は以上です。このあとも仕事に戻られるかたは、引きつづきよろしくお願いします」

そしてミーティングは終わった。

正枝さんはもう上がりだが、わたしはまだ仕事がある。

続いてとった休憩を少し早めに切りあげて、売場に出た。一人のときはいつもそうするのだ。気分転換も兼ねて、店の混み具合を確認しつつ、広い通路を歩く。

でもそれがいけなかった。

日用品や寝具のほうからまわってきて、文具売場に足を踏み入れたときだ。

前方に、一人の男の子がいた。小学四年生か五年生ぐらいの子だ。ボールペンか何かを手にとって見ている。わたしが歩いてくることに気づいてはいない。

男の子はそのボールペンらしきものをダウンジャケットのポケットに入れた。

え？

見まちがいではない。わたしは男の子の右側にいる。男の子は右ポケットに入れた。

見まちがいようがない。

ついさっきミーティングで聞いたばかりのことが、もう？

万引の瞬間を見たとするでしょ？　そしたら、捕まえちゃっていいの？　と正枝さんは言った。

いやいや。それはやめてください。と鳥居くんは言った。

そう、とわたしは思う。無駄に罪をつくりだすことはない。万引を、起こさせなければいいのだ。

男の子がわたしに気づく。あっ！　という顔をして、固まる。怯《おび》えた顔だ。それが青ざめた大都の顔と重なる。

わたしは歩みを止めない。止めずに、軽い口調で言う。

「レジを通してね。お願いね」

そしてそのまま進み、広いメイン通路に出る。振り向きたいが、振り向かない。

今度は前方に警備員さんが立っているのが見える。

わたしは近づいていく。が、通りすぎるだけ。何も伝えない。

「おつかれさまです」とだけ言って、レジに向かう。

警備員さんは会釈を返してくれる。確か、緒方《おがた》さん。五十代後半ぐらい。カートおじさんがカートを片づけてくれているときは邪魔をしない。わたしの仕事ですから、と奪ったりしない。静観する。いい人だ。

五番レジにいた浦上《うらがみ》さんとスルリと交替し、仕事に戻る。

手を動かし、口も動かしながら、今の出来事について考える。考えれば考えるほど、まちがったことをしたような気になる。いつだかのミーティングで鳥居くんが言ったことを思いだす。

そのときは。寺尾さんが、もし誰かが万引するところを見たら、その場で注意すればいいんじゃないですか？　というようなことを言った。鳥居くんはこんなふうに返した。そういう人はまたやりますよ。何なら、またウチでやりますよ。ここは警備がゆるいんだな、と思って。

そのとおりだろう。わたしは、たぶん、甘いのだ。世の中、多田《ただ》高志のような人間ばかりではない。捕まっても懲りずにくり返す人だっているだろう。

でも。

「あ、お箸、ちょうだい」とお客さんに言われる。

「はい？　あぁ。はい」

購入品にお弁当があったのに、ご入用ですか？　と尋ねるのを忘れていた。

「失礼しました。お一つでよろしいですか？」

「うん」

割り箸を代ずみカゴに入れる。

「ありがとうございました」とお客さんを送り出す。

よくないよくない。仕事中にものを考えてはいけない。いや、考えてしまうのはしかたないが、考えすぎてはいけない。いい意味で機械のように動き、頭を空っぽにするくらいでないといけない。

それからは、努めて集中した。集中集中、と心のなかで何度も唱えた。そのせいで、かえって集中できなかった。

一時間後に勤務を終え、着替えをすませて、店を出た。

みつばの自宅から四葉の店までは、自転車で通っている。蜜葉市のみつばと四葉。みつばは埋立地だが、四葉は高台にある。国道をまたぐ陸橋を渡らなければいけない。帰りは楽だが、行きはツラい。運動のつもりでペダルを漕いでいる。実際、この仕事をやるようになってから、そんなには太ってない。そう。そんなには。

初めはJRみつば駅前にある大型スーパーでパートをやることも考えた。だがこちら、ハートマートの四葉店を選んだ。毎日のように近所の人たちと顔を合わせるのは、気が進まなかったからだ。

すでに空は暗くなりかけている。店の裏手にある従業員用の駐輪場で自転車に乗り、自宅へと向かう。

夕食は、冷凍の餃子《ギョーザ》で簡単にすませよう。でもせめて、れんこんのきんぴらと酢の物ぐらいはつくろう。大都はれんこんが好きだ。煮物だとそうでもないが、きんぴらにするとよく食べる。これ米に合う、なんて言う。ごぼうのきんぴらだと、言わないのに。

みつばとちがい、四葉はきれいに区画整理されてない。道はくねくね曲がる。緑も多い。田畑もあれば、雑木林もある。そして残念なことに、ごみをよく目にする。歩きながら飲み食いした人が、ポイと投げ捨ててしまうのだろう。

そのごみを、拾っている人がいた。

高齢の男性。白い軍手をはめた手で空き缶やお菓子の空き袋を拾い、大きなビニール袋に入れていく。今はちょうどハートマートのものらしき白いレジ袋を拾ったところだ。自分の店の袋がこんな場所でごみと化していると思うと、ちょっと悲しくなる。

わたしは自転車で背後から男性に寄っていく。そして、追い越す。

あれっと思う。見覚えがある。遠ざかりつつ、振り向いてしまう。

まちがいない。カートおじさんだ。

自宅がこの辺りなのだろうか。店にほぼ毎日来るのだから、まあ、この辺りなのだろう。

でもここは畑のなかの道。すぐ近くに家はない。

あぁ、と思う。納得する。要するに、ごみを拾っているのだ。たぶん、自分の畑のごみをでなく、四葉のごみを。町のごみを。

カートおじさんは一人。組織立ってのボランティア活動という感じではない。まさに一人でやっているのだろう。自発的に。

すごいな、カートおじさん。と、ちょっと感心する。店でだけじゃなく、ここでもか。というより。ここでやっていることを、店でもやっているだけなのかもしれない。

ごみは、ただ拾って終わりではない。持ち帰り、分別し、それぞれ決められた日に出さなければならない。こうして拾うからには、そこまでやるのだろう。無償で。

世界中の人がカートおじさんなら、世の中からごみは一つもなくなるのだな、と思う。とはいえ。わたしにできるのは、恥ずかしながら、思うことだけ。ごみをポイ捨てしないような人間に、大都を育てることだけ。

別に大物にはなってくれなくていい。でもカートおじさんのように動ける人には、なってほしい。

自分のことは棚に上げてないものねだりをする勝手なわたしの思考は、こう続く。

さあ。帰って、きんぴられんこんだ。

翌週の日曜日も、やはりミーティングは開かれた。

「三月いっぱいでの退職を考えられてるかたは、この二月中に言ってもらえるとたすか

ります」と鳥居くんが言い、

「何よ、それ。わたしたちをやめさせたいわけ？」と正枝さんが言う。

「ちがいますよ。皆さんのような人材を育てるのは時間がかかるんで、先を見て早め早めに動かなきゃいけない。だからいやいや言ってるんですよ」

「おぉ。鳥居くん、口がうまくなったね。ここに来たころは、あいさつもロクにできなかったのに」

「いや、あいさつはしてましたよ」

「そう。あいさつしかできなかった。今はおべんちゃらも言える。進歩したよ」

「金沢さんみたいな人たちを相手にするわけですからね。そりゃ、鍛えられますよ」

「これからも鍛えてあげるわよ。息子二人が大学を卒業するまでは」

「そのあとも続けてくださいよ、パート」

「モチベーションが続いたらね」

その言葉に皆が笑う。モチベーション。アスリートみたいだ。

そして鳥居くんが言う。

「あとはこれといった連絡事項もないので。投書箱に入れられてたお客さまからのご意見を紹介します」

投書箱というのは、店の出入口のわきに置かれている、文字どおりの箱だ。苦情やら要望やら、とにかく店について感じたことをお客さんに書いてもらい、入れてもらう。

ほとんどが匿名。苦情が七割、要望が二割、イタズラも含むその他が一割。たまには、子どもが描いた絵なんかが入れられてることもある。

「まず初めは。いつも、お金を払ったあとに、カゴを台のところまで運んでくれて、ありがとうございます。腰が痛いので、とてもたすかります。またよろしくお願いします。これは、筆跡から見ても内容から見ても、いつもの山根《やまね》さんだと思います」

いつもの山根さん。山根のおばあちゃんだ。月に一度は同じ内容の紙を入れてくれる。最初の一枚には住所や名前まで書いてくれたので、山根さんだとわかった。山根はなさんだ。

「山根のおばありゃん」と正枝さんが言う。「初めのころは文章をちょこちょこ変えてたけど、最近はほぼ同じよね。わたし、暗記しちゃったかも」

「でもわざわざ書いて入れてくれるんだから、ありがたいですよ。この紙なんて、ウチが箱のわきに用意したものじゃないですからね。つまり、家で書いて持ってきてくれてるわけです。こうやって毎月山根さんに入れてもらえるよう、我々もがんばりましょう。引きつづき、ご高齢のかたがたの代ずみカゴは、サッカー台まで運んであげるようにしてください。逆に言うと。いつもしてもらってたことを一度してもらえなかっただけで、お客さまはサービスが悪くなったと感じてしまいますから」

「山根のおばあちゃんはそんな人じゃないわよ」

「そうですけど。なかにはそういうかたもいらっしゃるということで。では次。こないだ、買ったはずの商品が、レシートには打たれてるのに、家に帰ってみたら袋に入ってませんでした。損しました。お金を返してほしいです。うーん。これは」

「勘ちがいでしょ」と正枝さん。

「そうだとは、思うんですけどね」

「お客さんが見てる前で、わたしたちが代ずみ商品をとったりなんて、できないわよ。マジシャンじゃないんだから。自分で袋に入れ忘れたとか、家族の誰かが先にそれだけ袋から出したとかじゃないの？」

「たぶん、そうなんだとは思います。ただ、お客さま自身は損をしたと感じてしまってるわけで。やはりそういうかたもいらっしゃるということを、念頭に置いて仕事にあたるようにしてください」

「そのお客さんだって、結局、自信がないからこんな形で文句言ってるわけでしょ？確信があったら、直接来てるわよ」

「そうでしょうけど」

「でも、まあ、そういう意見も受け入れるのが店の度量。と、店長ならきっとそう言うわね。はい。じゃ、鳥居くん。次」と、いつの間にか正枝さんが仕切る。

「じゃあ、次。これが最後です。えーと。ボールペンをとろうとしてごめんなさい。何だ、これ。子どもの字だな」

「とる気満々で来たけど、やめたんじゃない？」と、これも正枝さん。「ほら、先週の鳥居くんの言いつけを守って、わたしたちがみんな、うるさいくらいにいらっしゃいませいらっしゃいませ言うから」

「それならいいですけど。まあ、イタズラでしょう。今回はこの三通だけでした。うれしいものもあれば、そうでないものもあります。すべてをうれしいものにできるよう、努力していきましょう。よろしくお願いします。以上です。ではこれで」

そしてミーティングは終わった。

先週同様、続いてとった休憩を少し早めに切り上げて、売場に出た。店の混み具合を確認しつつ、広い通路を歩く。

考えた。

三枚め。最後の投書。あれ、イタズラではないんじゃないだろうか。

そう。たぶん、あの子だ。あの小学生。そう書かなきゃ伝わらないから、わざわざボールペンと書いてくれたのだ。わたしにわかるように。

あの日あのあとに書いたとは思えない。後日また来店し、書いてくれたのだろう。ひたすら後悔して。どうすればいいか、散々悩んだ末に。

ボールペンをとろうとしてごめんなさい。

とろうとして。ということは。とらなかったということだ。そう考えていいだろう。すべてがわたしの思いこみだという可能性もある。それでもいい。あの子はとらなかった。高志や大都のように経験するまではいかず、踏みとどまれた。そうだと思いたい。

　レジに戻ってからの一時間半は、穏やかな気分で仕事をすることができた。余計なことは考えずに集中した。ミスもしなかった。

　お客さんの代ずみカゴをサッカー台に運んだとき。ちょうどカートおじさんと出くわした。例によって、カートを押している。ほかのお客さんが残していったものを、片づけてくれている。

「いつもありがとうございます」とお礼を言い、レジに戻ろうとした。が。

　あちらが立ち止まったので、こちらも立ち止まった。

　カートおじさんが口を開く。

「きちんとしてないのがいやなんだ。迷惑なら、言ってほしい」

「はい？」

「迷惑なら、迷惑だと言ってほしい。この歳になると、そういうのはもう、自分ではよくわからないんだ」

　初めて声を聞く。思ったより低い。落ちついた声だ。

「迷惑なんて。そんなことないです。いつもたすかってます。ありがとうございます」

　一礼し、レジへ小走りに戻った。

「すみません。お待たせしました」と次のお客さんに言い、会計を再開する。

　その後、何分かして。

カートおじさんがわたしのレジにやってきた。

「いらっしゃいませ」

会釈をし、作業にかかる。

カゴに入っているのは、味付のりときゅうりの漬物とのど飴《あめ》、それと歯みがき粉。まあ、いつもの感じだ。計四点。バーコード入力は、十秒もかからずにすんでしまう。

「六百三十二円です」そして言う。「レジ袋は、よろしいですか？」

普通なら、ご入用ですか？と訊くのだが、常連さんも常連さん、入用でないことはわかっているので、そんな訊き方になる。

カートおじさんは、いつものようにうなずく。そうとわかるように、大きく、ゆっくりと。声は出さない。

はずなのだが。

今日は出す。

代ずみカゴから取りあげたのど飴をわたしに差しだして、言う。

「なめたらいい」

「はい？」

「空気が乾燥してるから、これをみんなでなめたらいい」

「あぁ」

くれようとしているのだとわかった。袋に入った、ごく普通ののど飴だ。果実系ではなく、ハーブ系の。どちらかといえば、大人向けの。値段は、百五十八円。

いいのだろうか、と思うが、時間もかけられないので、いいのだ、と思う。むしろ、うれしい。いや、むしろはおかしい。すごくうれしい。

「ありがとうございます」と受けとり、店員としてのお礼と混同されないよう、こう付け加える。「いただきます」

カートおじさんは何も言わない。六百三十二円を、小銭でぴったり出してくれる。

それをレジに入金し、打ち出されたレシートを渡す。

「ありがとうございました」と今度は店員として言い、さらに続ける。「いつも本当にありがとうございます」

カートおじさんは、代ずみカゴを持って、サッカー台のほうへ去っていく。

高齢だが、まだわたしが運んであげる必要はない。この人は何歳になっても自分で運ぶのかもしれない。でも運ぶのがツラくなったら、遠慮なく言ってほしい。

そしてわたしは次のお客さんへと向き直る。

「お待たせしました。いらっしゃいませ」

中高生のころはなるまいと思っていたレジのおばちゃんに、なっている。

なってみれば、わかる。

スーパーのレジのおばちゃんにも、いいことはある。

十キロ空走《からばし》る

部屋の物入れに長年収められていた段ボール箱から一本だけビデオテープが出てきたら、おっと思う。何だ何だ、と妙な期待が高まり、進めてきた引っ越し準備の手も止まる。

まず、ビデオテープ自体を久しぶりに見た。もうすべて処分したつもりになっていた。とはいえ、ビデオデッキはまだ残っている。つかえるのに捨てるのはもったいないと道代《みちよ》が言い、DVDレコーダーを買ったときも残しておいたのだ。テレビ台が横長のもので、デッキを二つ収められるタイプだったこともあって。

DVDレコーダーが壊れたらBDレコーダーを買おうと話していたが、なかなか壊れずにここまできた。三十代半ばからはDVDで映画を観ることもなくなり、テレビ番組をHDDで録画することもなくなった。あまりつかわれなかったから、壊れなかったのかもしれない。

ビデオデッキをつかっていた二十代のころは、頻繁に映画を観ていた。懐かしきGコードでテレビ番組を予約録画したりもしていた。もう十年はつかってないが、たぶん、デッキは動く。ただ、ビデオを見るためには、裏の配線をいじらなければならない。

それにしても。ビデオ。

何のビデオだろう。さすがにエロビデオではないと思う。そういうものは、道代と結婚するときにすべて処分したはずだ。

となると。映画『がんばれ！　ベアーズ』ではなくて、第二弾。特訓中、のほう。少年野球の弱小チーム、ベアーズが、地元のカリフォルニアからテキサスはヒューストンのアストロドームに遠征して試合をする話だ。

テレビで深夜に放映されたものをビデオに録《と》り、気に入ったので、何度も観た。大人の事情から試合を途中で打ち切られそうになったベアーズのタナー・ボイルが必死にグラウンドを駆けまわって続行を勝ちとるシーンには、不覚にも感動した。あれなら、ちょっと観たい。いや、かなり観たい。

ということで、引っ越し準備はあえなく中断した。テレビ台の下の段にあった取扱説明書を引っぱり出し、裏の配線をいじった。そんなことをするのもまた久しぶりだが、わりと簡単な作業なので、たすかった。

昔は苦にならなかったこの手の配線が、四十二歳の今は苦になっている。配線だけでなく、操作そのものが、よくわからなくなりつつある。HDDで録画したものをDVDに落とすときのファイナライズって、何だそれ。でもBDではそのファイナライズが不要っていうのも、何だそれ。

リモコンも残してあるが、電池が入ってないので、本体のボタンで操作する。十年にも及ぶ長～い休暇のあとはいえ、ビデオデッキは正常に作動してくれた。テレビの画面に映像が流れる。

『がんばれ！ベアーズ特訓中』ではない。画面に映し出されたのは、一九七〇年代のアメリカの風景ではなかった。大食漢の捕手マイク・エンゲルバーグも不良の外野手ケリー・リークもケンカっぱやい遊撃手のタナー・ボイルも出てこない。

出てきたのは、何と、僕。早瀬《はやせ》行人《ゆきひと》だ。あとは、僕と結婚する前の道代。高松《たかまつ》道代。ビデオテープは、テレビ番組を録画したものだったのだ。今から二十年前に放送された、テレビのバラエティ番組を。

そう。僕はテレビに出たことがあるのだ。街を歩いていたらたまたまインタヴューされた、のではない。ドラマのエキストラのバイトをやった、のでもない。顔がアップになる。しゃべりもする。セリフを言うのではなく、早瀬行人としてしゃべる。

当時はまだ、素人を出演させる番組が多かった。素人の願いを叶《かな》え、悩みを解決する。素人にドッキリを仕掛ける。今もないことはないが、数は減り、質も変わった。トラブルを避けるためには、そうせざるを得ないのだろう。だがこのころは、その手の企画を売りにした番組があった。バラエティ番組内の一コーナーとしてそれをやることもあった。

僕が出たのもそう。一コーナーとはいえ、二十分近い時間がとられていた。内容は、一度カノジョと別れた大学生がやり直しを申し出る、というものだ。

まあ、事実は事実。僕は実際に大学三年まで道代と付き合っていたし、四年の初めに別れてもいた。やり直したいと思ってもいた。やり直すために二十キロ走りたいとは、思っていなかったが。

そのコーナーは門脇幹郎《かどわきみきろう》が担当していた。お笑い芸人ではないが、立ち位置はそちらに近いタレントだ。バラエティ番組にも出るし、たまにはドラマにも出る。今五十すぎぐらいだから、当時は三十すぎぐらいだったろう。映像を見て思った。僕も若いが、門脇幹郎も若い。

画面では、今よりだいぶ細い二十二歳の僕が説明する。

「大学四年になって就職活動を始めてすぐ、別れちゃったんですよね。何か、やる気のなさに愛想を尽かされた感じで。確かに、積極的にいくつも会社をまわったりはしなかったんですよ。道代は一緒にがんばっていこうみたいなことを、言ってくれてたんですけど」

「今は、就職先も決まってるわけだ？」と門脇幹郎。

「どうにか。かなり苦戦しました。決まったのは九月でしたし」

「で、その道代ちゃんともう一度やり直したいと」

「はい。就職活動をしてみて、何社も何社も落とされて。やっと自分の甘さがわかったというか、力のなさもわかったというか。道代がほんとに親身になってくれてたことにも、気づけたんで」

「もうちょっと早く気づこうぜ、おい」門脇幹郎は僕の肩を親しげにポンポン叩く。「まあ、行人の気持ちはよくわかった。でも、ただやり直してくださいじゃ、その気持ちは伝わらないよな」

「そう、ですかね」

「そうだろ」

門脇幹郎は考える。言う。

「よし。じゃあ、走ろう」

「はい？」

「マラソンでも走ってさ、来年の就職に向けて気持ちを入れ換えたんだってとこを、道代ちゃんに見せてやるんだよ」

「マラソン、ですか？」

「そう。そのくらいやんなきゃダメだ。これまではやらなかった、思いきったことをやんなきゃ」

マラソンを走れば気持ちを入れ換えたことになるというその理屈はよくわからなかったが。僕には反論の余地も、選択の余地もなかった。

久しぶりにこれを見て、思いだす。

当然だが、すべてはテレビ局主導だった。

どうして僕がこの番組に出ることになったのか。

発端は、大学で入っていたテニスサークルのOBがテレビ局のADと知り合いだったこと。そのADが、番組に出る素人を探すべく、知り合いに片っ端から声をかけ、OB経由で僕に行き着いた。ネットが普及してはいたものの、誰もが利用するほどではなかった時代。そんなやり方も、まだ普通に行われていたのだ。

紹介料をもらえるためか、OBはかなり強く言ってきた。お前、道代ちゃんと別れたんだろ？　よりを戻したいんだろ？　だったら出ちゃえよ。というか、出てくれよ。おれの顔を立てるためにも。ほら、おれは一応、代理店だからさ、テレビ局に恩を売っときたいわけよ。

断りきれなかった。会って話を聞くだけですよ、とは断って、ディレクターに会った。

スルスルッと名前まで思いだす。そう。米田《よねだ》だ。米田友男《ともお》。ヨネオ。コントに出てくるテレビ局のディレクターやプロデューサーのようにカーディガンを肩に掛けたり腰に巻いたりはしていなかったが、テキトーはテキトーで、強引は強引だった。

じゃ、出ちゃうってことでいいのね？

あ、いえ。話を聞いてからと思ったんですけど。

いやいや。無駄なことさせないでよ。ここまで来たんだから、出るでしょ。出てくんなきゃ。

ヨネオは、大学生男子にとっては大いに魅力的な飴も用意した。

何なら、打ち上げで早川《はやかわ》れみと飲めるかもしんないよ。

正直、ちょっとそそられた。早川れみ。タレントだ。二十代前半であっさり引退してしまったが、当時はそこそこ人気があった。その番組にもゲストでよく出ていた。同い歳、しかも名字に同じ早がつくということで、親近感を覚えてもいた。そんな早川れみと飲めるなら、飲みたい。先に言ってしまえば。実際には飲めなかったが。早川れみはロケに来ないどころか、ゲストとしてスタジオに呼ばれてもいなかったが。

あとはもう、流れに乗せられるだけだった。左を向けと言われたら左を向き、右を向けと言われたら右を向く。言われるままに動く。本当にそんな感じだった。

いきなりマラソンは無理なので、ハーフマラソンを走ることになった。それでも二十キロ以上。過酷は過酷だ。

本番に備えて練習するシーンも撮るから、と言われ、何度かちょこちょこ走らされた。本番でリタイアされても困るんで、走れるよう自分で練習しといてね、とも言われた。もちろん、その練習には誰もついてこない。僕が一人で走るだけだ。逆に言えば、走らなくてもわからない。ヨネオも、走るとは思わなかったろう。

それでも。二十キロなんて一度も走ったことがなかったので、僕は実際に練習した。二十キロを通して走りはしなかったが、二週間ほど先のロケ日まで、毎日五キロは走った。変にあせりが出て、就職先が決まってから始めていた居酒屋のバイトを休んで走ったりもした。

道代も番組への出演を承諾した。と、それだけはヨネオから聞いていた。道代なら断る可能性もあると思っていたが。そこはテレビ。道代は道代でやはり魅力を感じたのだろう。

ただ。ロケ当日まで電話したり会ったりはしないようにと、ヨネオにはそうも言われていた。素人はそのあたりを隠せない。事前に接触すると、どうしてもその感じが表情や言葉に出てしまうのだそうだ。

それはよくわかった。絶対に出てしまう。道代とのやり直しが見込み薄なら、やる気のなさが態度に出てしまうだろうし、期待できるならできるで、変に高揚してしまうだろう。だから連絡はとらなかった。そもそも、気軽にとれる感じでもないのだ。別れたカレシとカノジョなのだし。

そしてロケ当日。確か十月の終わり。空はきれいに晴れ、気温は低めだった。つまり、絶好のランニング日和だ。

うい〜っす、と門脇幹郎がやってきた。会うのは二回めなので、またよろしくお願いします、とあいさつした。ああ、とだけ言われた。カメラがまわっているときの愛想のよさはなかった。二十キロがんばってよ、という言葉くらいはあるかと思ったが、なかった。

それどころか。門脇幹郎は、ほんとに二十キロ走る必要はないんじゃないの？　と言いだした。だって何時間かかんのよ、米田ちゃん。そんなに待ってらんないよ、おれ。

次いで僕に尋ねた。兄ちゃん、何分で走れんの？

えーと、実際に走ったことはないんで、ちょっとわかんないです。と答えた。

何だよ。走ったことねえのかよ。ならまちがいなく無理じゃん。どうせ歩いたりもすんだろ？ どんだけかかるかわかんないよ。

そうね。じゃ、そうしよう。と、ヨネオがあっさり言った。半分にする。十キロ。まあ、一応は二十キロってことで。

一応は二十キロ。走ったことにする、という意味だ。言ってみれば、やらせの一種。やらないのにやったと言う、やらせ。

それはマズいんじゃないですか？ と、さすがに言った。

十キロ。高校の校内マラソン大会レベルだ。僕が高三のときは十二キロだった。あれよりも二キロ短い。いくら何でも、それでは甘かった自分を反省できない。気持ちを入れ換えられない。

問題ないよ。と、ヨネオはまたしてもあっさり言った。彼女に知られることもないんだし。もちろん、視聴者に知られることもない。だからさ、早瀬くんも、言っちゃダメだよ。まあ、言わないよね。自分がズルしたことを、自分でバラさないよな。

だったらできません、と突っぱねればよかったのかもしれない。そんなことをさせられるために来たわけじゃありません、と啖呵《たんか》を切ればよかったのかもしれない。

できなかった。二十二歳。その場では最年少の、素人。周りは三十代四十代の社会人。皆、仕事で集まっている。そこで僕がきちんと二十キロ走りたいと言うのは、仕事の効率を下げることでもある。そのくらいの理屈はわかる。就職活動で牙《きば》という牙を抜かれ、わかるようになってしまっている。

でも本当に、マズくないですか？

早瀬くんは考えなくていいよ。マズいかどうかは、こっちが決めるから。

話はそれで終わった。マラソンから格落ちしたハーフマラソンは、ついにただの十キロ走になった。

スタート直後の画《え》を撮ったら、そこからの一キロは短距離走みたいに全力で走って。かなり疲れた顔とかも、撮んなきゃいけないから。

そんな無茶な指示を出され、それさえ実行した。これが社会なんだな、と痛感した。あれやこれやで、本当に疲れた。走ることで疲れ、撮られることで疲れた。一人で走るだけだから、ペースもまるでつかめなかった。早く道代に会いたいな、と思った。でもカメラの前で会うのはいやだな、とも思った。

とはいえ。画面の僕からそんな思いを窺い知ることはできない。なかなかの演技派なのか何なのか、僕は、初めてのハーフマラソンで疲れきっている二十二歳の大学生、に見える。それなりにがんばってはいる人、にも見える。

「ほら、行け！」「負けんな、行人！」「二十キロ走るんだろ！　そのために練習してきたんだろ！」

自転車で並走する門脇幹郎がそんな声をかける。実際に並走したのは十キロのうちの三キロくらいだが、やはりずっと付き添っているように見える。

結局、ゴールまでは一時間半近くかかった。序盤に全力で走らされたから、余計ペースが落ちたのだ。

だがその全力疾走シーン、僕がただ疲れるためだけに走らされたシーンはほぼ丸ごとカットされ、うまく編集されていた。スタートで勢いよく飛び出したものの、調子に乗りすぎてバテたバカ男子。愛する女子のために二十キロも走ってきた健気《けなげ》なバカ男子。僕はそう加工されていた。ある意味、プロの仕事だ。

よりドラマチックに見せるためか、ゴールシーンは夜。午後六時くらいだった。

ゴールテープを切った先に、道代が待っていた。

その姿を見て、ほっとした。うその二十キロを走り終えたことに対してでなく、道代が来てくれたことに対して、ちょっと泣きそうになった。その場に倒れこみそうになったが、門脇幹郎に抱きかかえられた。

「よ〜し、よくやった。がんばったぞ、行人」

「はい」

「お前、すごいよ。普通、二週間の練習で二十キロは走れない」

はい、とは言わない。洟《はな》をすすってごまかす。感極まってしゃべれません、という演技に見えないこともない。

「さあ、道代さん」と門脇幹郎が言う。「行人は二十キロ走ってきました。自分の力だけで走ってきました。見てくれましたね？」

「はい」と今度は道代が言う。

同じく洟をするのは、たぶん、寒いからだ。

僕も門脇幹郎も若いが、道代も若い。同い歳。まだ二十二歳だ。僕より三ヵ月も早く就職を決めていた。このあとやはりぎりぎりになる僕とはちがい、卒論もこの時期にはもうほとんど仕上げていた。だから気持ちの余裕もあったのだろう。だから愚かな元カレシに一日付き合ってやることにしたのだ。

「ではお訊きします。今、お付き合いをしてる人はいますか？」

「いません」

「よっしゃ！」門脇幹郎が大げさにガッツポーズをする。「行人、聞いたか。カレシ、いないぞ」

まだ肩で息をしながら、僕が言う。

「はぁ」

「お前、バテてる場合じゃないだろ。最後だぞ。しゃんとしろ」

門脇幹郎がバンと背中を叩き、僕を道代の前に押し出す。

「あとは自分で言え。決めてこい！」

黒のジャケッーに濃いグレーのスカート。そんな道代の前に、白のランニングシャツに紺の短パンの僕が立つ。今ふうのハーフパンツではない。腿がむき出しの、短パンだ。垂れてきた汗やら涙やらを、僕は左手の甲で何度も拭う。左手だけでは足りず、右手でも拭う。疲労に緊張が加わり、わけがわからなくなっている。

「久しぶり」と僕が言い、

「久しぶり」と道代が言う。

「今日は、来てくれてありがとう」

「いえ」

「あの、何ていうか、就職活動をしてみて、行くとこ行くとこ落とされて、夏を過ぎてようやく内定をもらえて、自分が甘かったことが、わかった。自分は大したことないというか、大して必要とされてないことが、ほんと、よくわかった。道代が言ってくれてたみたいに、そのなかで自分が何をやれるのか、それを考えなきゃいけなかったんだよな。で、やっと就職活動が終わって、一息ついたときに。道代とやり直したいなって、思った。一度別れちゃったけど、また二人で何かしたいなって。それで、こんな機会をもらったから、気持ちを入れ換えるために、走った。お願いします。もう一度、付き合ってください」

そう言って、僕は頭を下げる。距離があるので、片手を差しだしたりはしない。

そしてCMが入る。三十秒のものが、六本。長い。入れるのにいい箇所ではあるのだろう。そこまで見てきた視聴者が、ここでチャンネルを替えはしない。

明けたところで、門脇幹郎が促す。

「どうですか？　道代さん」

「ごめんなさい」

そう言って、道代も頭を下げる。

来てくれたのだからいい返事をもらえるのではないかと、少し、いや、かなり期待していた。が、期待は打ち砕かれた。

「あぁ。そうですかぁ」と門脇幹郎が声を上げる。「ダメだった。行人」

「まあ、しかたないです」

そうとしか言いようがない。マジで？　とは言えないし、何で？　とも言えない。

「何がダメでしたか、道代さん」

その答えづらい質問に、道代はすんなり答える。

「正直、ぴんと来なくて」

それにはつい笑う。画面の僕がではなく、見ている僕が。

まあ、そうだろう。それが素直な気持ちだろう。あなたの元カレシが二十キロ走りますからと言われ、そのゴール地点に連れてこられ、やり直してほしいとカメラの前で告白される。二十キロ走ってほしいと自分が望んだわけでもない。事前に説明されてなくてもどんな展開になるか想像はついたはずだが、それでもぴんとは来ないだろう。

「何かしたいっていうのは、わかるんですけど。ただ走ったくらいで気持ちは入れ換わるのかな、そんな簡単なことなのかな、とも思っちゃって」

さらに笑う。それはもう、企画そのものへのダメ出しだ。僕がどうこうできることじゃない。走ることを提案したのは番組側なのだ。ハーフマラソンどころかフルマラソンを走ったとしても、結果は変わらなかったということだろう。

「ほんと、ごめんなさい」と道代が再び頭を下げる。

今度のごめんなさいは、望んだ結果にならなくてごめんなさい、のごめんなさいだ。僕へというよりは、門脇幹郎やヨネオや視聴者への謝罪。

「いや。道代さんはちっとも悪くないです。そうだよな？　行人」

「はい」

そんなふうに、門脇幹郎は、決まりきった答しか返せない問ばかり投げかける。素人は素人としてそこにいてくれればいい。その程度の期待しかしていないのだ。

「でもやることはやったよ。お前、立派だったよ」

門脇幹郎は僕の肩を例によってポンポン叩く。そして、撫でる。子どもにするように。やることはやってません、二十キロは走ってません、と言え。言ってしまえ、行人。

そう思うが、もちろん、画面の行人は言わない。こう言うだけだ。

「ほんと、ありがとうございました」次いで道代にも。「ほんと、来てくれてありがとう」

「それでいいんだよ、行人。今日二十キロ走ったことは無駄にならない。就職してからも、その気持ちを忘れないでがんばれよ。前に進んでけよ」

「はい」

そして映像はロケ現場からスタジオへと切り換わる。

「あぁ」「残念」「そうかぁ」

そんな声が、VTRを見ていた出演者たちから上がる。あらためて確認してみたが、やはりそこに早川れみの姿はない。

唐突に映像が途切れ、画面が砂嵐になる。僕の出番は終わりなので、その先は残さなかったらしい。

テープを止め、テレビを消す。居間が静かになる。

番組の収録はそこで終わったが、当時の僕らにはそのあとがあった。はい、オーケー、の声がかかってからも、僕は道代と話をした。

「ごめんね」と道代はあらためて言った。カメラが止められてほっとした様子だった。

「急に呼び出したりして、こっちこそごめん」と僕も返した。

「ほんと、いきなりだったから、驚いた。どうしようかと思ったの。でも断ったら迷惑がかかるとも思って」

「おれもさ、まさかこうなるとは思ってなかったよ。いや、断られると思ってなかったわけじゃなくて。こんなふうに、テレビに出たり走ったりするとは思ってなかった。やっと終わった感じだよ。よかった、終わって」

現場のスタッフたちは、僕らには見向きもせず、撤収作業をしていた。

門脇幹郎は、マネージャーが運転する車で早々に引きあげていった。おつかれ、とヨネオに言って。

そのヨネオも、はい、ご苦労さん、と僕らにわずかな謝礼と交通費をくれただけ。便の悪い場所でなかったとはいえ、さらに便のいい場所へ車で送ってくれたりはしなかった。

結局、僕と道代は一緒に新宿《しんじゅく》まで行き、ファミレスで晩ご飯を食べた。

そこでようやく、いつもの大学生に戻り、気軽にあれこれ話をした。

聞けば。道代もヨネオには相当無理を言われていたらしい。

最初に話を持ちかけられたときは。企画はもう動きだしちゃってるんですよね。高松さんが来てくれないと、早瀬くんも困っちゃうと思うんだけど。

ロケ日を伝えられたときは。アルバイトなら休めますよね。こっちはもう段取りを組んじゃってるから、動かせないんですよ。タレントさんのスケジュールなんかもあるし。そういうことで、ほんと、お願いしますね。高松さんがいないなんてことになったら、シャレになんないんで。

さらには当日も、ゴール前に先回りしたヨネオにこんなことを言われたという。

まあ、ほら、高松さんにもいろいろ考えてもらってね。こんな番組はほかにもたくさんあるから、見てますよね。わかりますよね？　どんな結果になったら見てる人たちが喜ぶか。そういうの、察してくれるとたすかるんですけどね。

要するに、プレッシャーをかけられたわけだ。早瀬くんからのやり直し要請を受け入れてくれと。

そんなだから、こっちも意地になって、断っちゃったのかも。と道代は笑った。

番組に出ることになった経緯を、僕は道代に明かした。

フルマラソンがハーフマラソンになったことも話した。が、およそ半分の十キロしか走ってないことは話さなかった。自身、どこか負い目を感じていたからだ。それは断るべきでしょ、と簡単に言われてしまいそうな気がしたからでもある。

米田友男の略称ヨネオは、このファミレスで生まれた。それは僕ら二人の隠語になった。テキトーな人や押しつけがましい人を指す言葉としてつかった。彼はほんとヨネオだよ、とか、それはちょっとヨネオでしょ、とか、そんなふうに。

そのファミレスで道代と話せたことが大きかったと、僕は思っている。あのままロケ現場で別れていたら。僕が告白して道代は断った、という印象が強く残っただろう。それで僕らの関係は終わっていたはずだ。

だが僕らは終わらなかった。

といって、すぐに付き合ったわけでもない。あのファミレスではご飯を食べただけだし、大学での残りの五ヵ月も、元カレシ元カノジョのままだった。

ロケから二ヵ月後の十二月に番組が放送されたが、大学は冬休みに入っていたので、話題になることもなかった。反響があったのはむしろ地元の友人たちからで、それは道代も同じだった。何であれ、素人が一度番組に出ただけ。話はすぐに忘れられた。

大学卒業後も、道代とは連絡をとり合った。たまには会って、それぞれの仕事のことを話したり、大学時代のことを話したりした。ヨネオという言葉も、当たり前に出た。

わたしの部署の係長がヨネオでさぁ。

ウチは課長も部長もヨネオだよ。会社そのものがヨネオだな。

社会人てヨネオが多いんだね。

おれもそう思った。テレビ局だけじゃなかったよ。

もしかして、リイルスみたいなものなのかも。

だとしたら、おれらも感染してる可能性があるな。

会社の後輩に言われてたりしてね。高松さんはヨネオだよ、とか。

どうせなら、ほんとにヨネオって言葉がつかわれててほしいな。

会うたびに、そんなことを話した。笑った。そうやって、少しずつ距離が縮まっていく感じがあった。はい、二十キロ走りました、どうですか？　ではなく。少しずつではあるが、溝が埋まっていく感じがあった。

会社で働くようになって、道代にはカレシができ、僕にはカノジョができた。が、どちらも同じ時期に別れた。そんなこともあり、僕らはごく自然な流れで付き合った。

そして二人がともに二十九歳のとき、僕が道代にプロポーズをした。

お互いがヨネオにならないよう、これからも監視し合っていこうよ。何なら同じ家で。

プロポーズにもヨネオが出てくるの？　と道代は笑った。

それがプロポーズだとあっさり認識してくれたことがうれしかった。

今回はごめんなさいとは言わない。

それが道代の返事だった。ただし、こんな言葉がついてきた。

何だかんだで自分のために二十キロ走られたら、さすがにグッとくるわよ。あのときも、実は結構きてたんだけど。

十キロしか走ってないことを、そこでも言えなかった。今言ったら、これまでずっと隠してきた感じになる。そう思った。あのファミレスで言ってしまえばよかった、と少し後悔した。一方では。まあ、それしきのことだよな、とも思った。わざわざ言うほどのことでもない。言わないからどうということでもない。

二十二歳の自分と道代をもう一度見るべく、ビデオテープを巻き戻す。

キュルルルっという、懐かしい音がした。まさに時間が巻き戻されている感じがする。時間は巻き戻せるのだと、錯覚しそうになる。

ストッと切れのいい音がして、巻き戻しは完了した。

再生する。

若き門脇幹郎が出てくる。若き早瀬行人も出てくる。

「大学四年になって就職活動を始めてすぐ、別れちゃったんですよね」

僕が門脇幹郎にそう言ったところで、ミシミシメリメリッという音がした。映像が歪《ゆが》む。僕の顔が歪む。

あわてて停止ボタンを押した。テープがデッキのなかで絡まったらしい。

その感覚までもが懐かしい。画面がフリーズした、というのとはわけがちがう。電源を入れ直したところで、復旧はしない。テープは実際にデッキのなかで絡まっている。どこかの部品にがっしりと噛まれている。

デッキの取り出しボタンを押してみた。キュイ〜ン、といやな音がするだけ。テープは出てこない。テープとデッキ。どちらが悪かったのか。十年以上寝かせっぱなし。どちらも悪かったりだろう。

テープを無理に取り出す気にもならず、デッキの電源を切った。若き道代をもう一度見られなくて残念、という思いと、見られなくてよかったのだ、という思いが交錯する。

後者のほうに自分を寄せた。

まあ、いい。私的な映像ではない。それに近いことは近いが、あくまでもテレビ番組。このままデッキを捨ててしまおう。せっかくの引っ越し。もうつかうこともないビデオデッキを捨てるいい機会だろう。

引っ越し。僕一人での、引っ越し。

道代はすでにこの家、みつばベイサイドコートB棟六〇一号室を出ている。引っ越し業者が来たのは、先週の土曜だ。二件が重なると大変なので、日をずらした。僕の引っ越しは来週の土曜。業者は同じだが、引っ越し先はちがう。

どちらかがこのマンションに住みつづけるという選択肢もあった。だがどちらもが、出ていくことを選んだ。

道代はもう早瀬道代ではない。高松道代に戻っている。離婚届は、道代が引っ越す前に出した。そうしないと、各種手続きをしたあとにまた改姓の手続きをすることになるからだ。

そして今は。僕自身が引っ越しの準備をしている。そんなときに、よりにもよってあんなビデオを見つけてしまったのだ。

皮肉以外の何ものでもない。あの番組がなかったら。たぶん、僕らは結婚していなかった。大学四年の四月に別れ、ずっとそのままでいたはずだ。今ごろは、相手を思いだすことさえなくなっていただろう。

三十歳のときに結婚した僕らは、子どもをつくらなかった。つくれなかったと言うほうが正しいかもしれない。共働きをして生活も安定し、ようやくつくれそうになったときに、僕が転職してしまったのだ。ヨネオ的な会社の体質が心底いやになって。ちょうど独立することになった先輩についていくという形で。失敗しても道代が働いてるからどうにかなるだろうと、そんなふうに思って。早い話が。大学四年の就職活動前にも顔を出した甘さが、十年後に再び顔を出したわけだ。

先輩が設立した会社は、わずか二年でつぶれた。それが八年前。時期もよくなかった。僕は無職のまま丸一年を過ごした。そんな状況で、子どもをつくれるわけがなかった。その後、三十五歳を前にどうにか今の会社に就職できたが、子どもをつくる話は立ち消えになった。道代はもう何も言わなかったし、僕も言えなかった。

離婚は、三ヵ月前にいきなり切りだされた。道代にはすでに相手がいた。会社に入ってから付き合い、僕と結婚する前に別れた、元カレシだ。

もうあなたとは別れたい。別れて、その彼と一緒になるつもり。

はっきりと、そう言われた。これまでの思いがすべて込められているように聞こえた。何も言い返せなかった。元カレシの存在に気づきさえしなかった自分を嗤《わら》うしかなかった。

ビデオのなかで、二十二歳の道代は言った。

ただ走ったくらいで気持ちは入れ換わるのかな。

入れ換わらなかったのだ。だから十年後に、僕は再び愚かなことをした。いや、その前にまず。きちんと走ってない。

ふううっと大きく息を吐く。

裏のケーブルを外し、ビデオデッキをテレビ台から引っぱり出して、床に置く。

忘れないよう、粗大ごみ受付センターに電話、センターに電話、と二度つぶやく。

ジャージ姿のままドアのカギだけを持って玄関に行き、ジョギングシューズを履く。

バカげている。儀式めいてもいる。今さらそんなことをしてもどうにもならないことはわかってる。が。長く刺さっていた棘《とげ》を取り除くくらいのことはしたい。自己満足の空走りに終わるとしても。

やるべきだったことを、二十年後の今、やる。

僕は外に出る。そして十キロ空走る。

解説

沢田《さわだ》史郎《しろう》（書店員）

今日も町の隅で、どんな大事件があったのかと思って読んでみると、別に大した事は起こらない。どのエピソードも、日本のあちこちに転がっていそうなことばかりである。そこにあるのは、リアルな日常、ありふれた生活。

そう、僕らの日々の暮らしと一緒。アッと驚くどんでん返しも無ければ、誰はばかることのない号泣とも無縁。現実の人生は、映画のようにドラマチックには進まない。

にもかかわらず、『今日も町の隅で』には、読んだ人の顔を上げさせる何かがある。そう感じるのは、恐らく僕一人ではあるまい。コピペしたような毎日が、きっかけ一つで変わる、いや、変えられる。そんな気にさせられたのも、僕だけではない筈《はず》だ。

〝今日も町の隅で〟どころか、昨日も明日《あした》も明後日《あさって》も、至る所で見聞きしそうな全十話の、一体どこにそんな力があるのだろう？

それを考えながら、改めてページをめくってみて欲しい。すると物語の端々に、僕ら平凡な一般庶民へのエールが潜んでいることに気がつくだろう。幾つか例を挙げてみたい。

第一話「梅雨明けヤジオ」で描かれるのは、クラスでハブられて登校出来なくなった小五女子の夏休み。のけ者扱いのそもそもの原因を作り出した男子に、唐突に野球観戦に誘われて「は？」と大いに戸惑うのだが、彼の不器用な誠実さに触れるうち、もう一度自分自身に期待する気持ちが、静かに頭をもたげてくる。

《夏休みはまだ始まったばかり。あと四十日以上ある。／それだけあれば、気も変わるかもしれない。九月一日には、学校に出ていけるかもしれない》

その意気や良し。頑張れ！　と思わず拳《こぶし》を握った読者は少なくないのではないか。

初デートの行先は、スカイツリーではなく敢えて（？）東京タワー。第二話「逆にタワー」で主役を務めるのは、友達と組んだバンドで、ギターからベースに転向させられた中三男子。せっかく東京タワーに来たのに、とある事情で上れない。仕方なく日比谷《ひびや》公園までのウォーキングに切り替えるのだが、その道中で少年は、大切な人から大切な一言を贈られる。

《ギターで勝てないならベースで挑む。それは逃げじゃない。立派な勝負だよ》

上れないなら歩けばいい。ギターで負けたらベースで競う。そう、人生は一度負けたぐらいでは終わらない。心機一転、捲土重来《けんどちょうらい》。往生際が悪い者にこそ、敗者復活のチャンスは来る。

第六話「リトル・トリマー・ガール」の語り手は、小説家志望の文学青年。応募した文学賞でことごとく落選し、半ば腐りかけている時に知り合ったのは、近所にトリミングサロンをオープンさせた女性。なかなか軌道に乗らない商売を、笑い飛ばすかのような朗らかさに、驚くやら感心するやら。その屈託の無い笑顔に心を洗われて、いつしか青年の足取りも軽くなる。

《さあ、始まる。次の話が動き出す。一週間は引っぱらない。今回のブルーはもう終わる》

いいね。夢を追い駆けるなら、エピローグよりも次回予告。諦《あきら》めが悪い？　いやいや、七転び八起きと言って欲しい。それは多分、立派な才能だ。

……といった具合に全十話を紹介するほどの紙幅は無いのだが、既に皆さんお気づきだろう。この短編集のどの主人公も、一度、人生の航路で座礁しているのだ。目的地には辿《たど》り着けそうもないと、海図を畳もうとしていたのだ。

が、禍福は糾《あざな》える縄の如し。憂いあれば喜びあり。楽は苦の種、苦は楽の種。一度は失いかけた未来へのときめきを、彼らは再び取り戻す。巡り合った縁を追い風にして、もう一度、高々と帆を上げる。

試しに、あと一編だけ紹介してみよう。

第四話の「チャリクラッシュ・アフタヌーン」は、とりわけこの短編集の、ひいては小野寺史宜《おのでらふみのり》という作家の、旨味が凝縮されているように思う。

主人公は、運よくデビューは果たしたものの、その後は鳴かず飛ばずのミュージシャン。自分には音楽の才能は無い。歌で成功する可能性は低いだろう。頭では理解しているその現実を、感情では受け入れられずに、未練がましく時間を浪費する。見かねた知人が声優の仕事を紹介してくれるも、なかなか本気で向き合えない。中島敦《なかじまあつし》の『山月記』さながら、尊大な羞恥心《しゅうちしん》と臆病《おくびょう》な自尊心の狭間《はざま》で停滞を続けた挙句、恋人にさえも愛想を尽かされる。

そんな或《あ》る日、買い物からの帰り道で、小学生のチャリに撥《は》ね飛ばされて捻挫《ねんざ》する。その男の子との何気ない言葉のやり取りが、主人公のつまらないプライドを溶かしてゆく。決して生ぬるくはない現実に、子どもながらに立ち向かっている姿を目の当たりにして、もしかしたら感じるところがあったのかも知れない。

帰路、多少脚を引きずりながら胸の内でぽつりと呟《つぶや》く。

《でも、まあ。やってみっか》

何を？　声優の仕事を。本気で？　そう、本気で。試しに与えられたセリフを胸の中で唱えてみる。そして、自信を深める。

《最低だが最高のセリフだ。おれならうまく言うだろう。何なら、うたよりもうまくこなすだろう》

この時、彼は漸《ようや》く認めたに違いない。音楽では負けた、と。そして、気づいたのだろう。だからと言って、己の全てが否定された訳ではない、と。故に、自己憐憫《れんびん》に浸る理由も無い、と。道はきっと、幾つも未来に向かって伸びている。その中の新たな一つを選ぶために、彼はポケットからそっとスマホを引っ張り出す……。

これがあるから、小野寺史宜はやめられない。

生きていれば、いつか負けることはある。大切なものを失うことだって、きっとある。けれど、負けと終わりは違うだろう？　手放すことで、新たに得るものだってあるんじゃないか？　そんなメッセージを、今までもずっと送り続けてくれたのが、小野寺史宜という作家だと思うのだ。

例えば――。

運に見放されたような二人のサッカー選手が、手にした縁を育み、その縁に育まれながら、未来を切り開いてゆく『リカバリー』。

客と喧嘩《けんか》して、上司とも喧嘩して、住所不定無職になった青年が、友人知人の住まいを泊まり歩くうちに、再び人生のスタートラインに立つ『東京放浪』。

弱小サッカー部の万年ホケツの高校生を描いたのは、その名も『ホケツ！』。自分の気持ちよりも、つい周りを優先してしまうぼくは、個性が乏《とぼ》しい人間なのか？　なんて悩んだりもしたけれど、そうじゃない。周りの気持ちを汲んで周りを活《い》かすことこそが、ぼくの個性だ。そう確信して最後の大会のピッチに立つ、その姿の凜々《りり》しいこと！

初めての上京、初めての一人暮らし。そこで知り合う老若男女との触れ合いの中で、世間知らずの青年が大人へと脱皮してゆくのは『まち』。縁で結ばれた人々と助けたり助けられたりを重ねながら、心の古傷を癒《いや》してゆく様子に、目頭を熱くした人はさぞ多かろう。

『とにもかくにもごはん』の舞台は、亡き夫の言葉に背中を押されて始めた子ども食堂。訪れる人々との出会いが、あるかなきかに連鎖して、夫との思い出を優しく彩るラストは、何度読んでも胸が温まる。

と、こんな調子で紹介を続けるとキリが無いのだが、小野寺史宜が〝負け組〟に向けるまなざしは、分かって頂けるのではないか。

一生懸命走っている時ほど、転んだ時の傷は深く、痛みは大きいのだ。だから、その傷も涙も、決して恥ではないのだ。一度敗れたからといって、人生が終わる訳じゃない。生涯に夢は一つだけ、なんて決まりもない。「でも、まあ。やってみっか」――そう呟いたら、そこをスタートラインにすれば良い。

そして――。昨日出来なかったら、今日頑張れば良い。今日ダメだったら、明日再び挑めば良い。小野寺史宜は、きっとそう言いたいのではないか。だからこそ本書は、〝今日は〟ではなく、〝今日も〟町の隅で、なのだろう。そして恐らく、〝明日も明後日も〟町の隅で、に違いないのだ。

だから――。小野寺史宜は、これからも声援を送り続けるだろう。今日も町の隅で、敗北にへこたれず、立ち上がろうとする誰かがいる限り。

初出

「梅雨明けヤジオ」小説すばる2018年4月号
「逆にタワー」小説すばる2016年1月号
「冬の女子部長」小説すばる2012年8月号
「チャリクラッシュ・アフタヌーン」書き下ろし
「君を待つ」小説すばる2015年7月号
「リトル・トリマー・ガール」書き下ろし
「ハグは十五秒」小説すばる2017年3月号
「ハナダソフ」小説すばる2016年10月号
「カートおじさん」小説すばる2018年9月号
「十キロ空走《からばし》る」小説すばる2017年10月号

本書は、二〇二〇年二月に小社より刊行された単行本を加筆修正のうえ、文庫化したものです。

この作品はフィクションです。登場人物、団体等は実在のものとは一切関係ありません。

今日《きょう》も町《まち》の隅《すみ》で

小《お》野《の》寺《でら》史宜《ふみのり》

令和5年 2月25日 初版発行

発行者●山下直久

発行●株式会社KADOKAWA
〒102-8177 東京都千代田区富士見2-13-3
電話 0570-002-301(ナビダイヤル)

角川文庫 23548

印刷所●株式会社暁印刷
製本所●本間製本株式会社

表紙画●和田三造

●お問い合わせ
https://www.kadokawa.co.jp/ (「お問い合わせ」へお進みください)
※内容によっては、お答えできない場合があります。
※サポートは日本国内のみとさせていただきます。
※Japanese text only

ISBN 978-4-04-113400-9 C0193

◇◇◇

角川文庫発刊に際して

角川源義

第二次世界大戦の敗北は、軍事力の敗北であった以上に、私たちの若い文化力の敗退であった。私たちの文化が戦争に対して如何に無力であり、単なるあだ花に過ぎなかったかを、私たちは身を以て体験し痛感した。西洋近代文化の摂取にとって、明治以後八十年の歳月は決して短かすぎたとは言えない。にもかかわらず、近代文化の伝統を確立し、自由な批判と柔軟な良識に富む文化層として自らを形成することに私たちは失敗して来た。そしてこれは、各層への文化の普及滲透を任務とする出版人の責任でもあった。

一九四五年以来、私たちは再び振出しに戻り、第一歩から踏み出すことを余儀なくされた。これは大きな不幸ではあるが、反面、これまでの混沌・未熟・歪曲の中にあった我が国の文化に秩序と確たる基礎を齎らすためには絶好の機会でもある。角川書店は、このような祖国の文化的危機にあたり、微力をも顧みず再建の礎石たるべき抱負と決意とをもって出発したが、ここに創立以来の念願を果すべく角川文庫を発刊する。これまで刊行されたあらゆる全集叢書文庫類の長所と短所とを検討し、古今東西の不朽の典籍を、良心的編集のもとに、廉価に、そして書架にふさわしい美本として、多くのひとびとに提供しようとする。しかし私たちは徒らに百科全書的な知識のジレッタントを作ることを目的とせず、あくまで祖国の文化に秩序と再建への道を示し、この文庫を角川書店の栄ある事業として、今後永久に継続発展せしめ、学芸と教養との殿堂として大成せんことを期したい。多くの読書子の愛情ある忠言と支持とによって、この希望と抱負とを完遂せしめられんことを願う。

一九四九年五月三日

角川文庫ベストセラー

薄闇シルエット　角田光代

「結婚してやる」と恋人に得意げに言われ、ハナは反発する。結婚を「幸せ」と信じにくいが、自分なりの何かも見つからず、もう37歳。そんな自分に苛立ち、戸惑うが……ひたむきに生きる女性の心情を描く。

かっぽん屋　重松　清

汗臭い高校生のほろ苦い青春を描きながら、えもいわれぬエロスがさわやかに立ち上る表題作ほか、摩訶不思議な奇天烈世界作品群を加えた、著者初のオリジナル文庫！

疾走（上）（下）　重松　清

孤独、祈り、暴力、セックス、殺人。誰か一緒に生きてください――。人とつながりたいと、ただそれだけを胸に煉獄の道のりを懸命に走りつづけた十五歳の少年のあまりにも苛烈な運命と軌跡。衝撃的な黙示録。

哀愁的東京　重松　清

破滅を目前にした起業家、人気のピークを過ぎたアイドル歌手、生の実感をなくしたエリート社員……東京を舞台に「今日」の哀しさから始まる「明日」の光を描く連作長編。

うちのパパが言うことには　重松　清

かつては1970年代型少年であり、40歳を迎えて2000年代型おじさんになった著者。鉄腕アトムや万博に心動かされた少年時代の思い出や、現代の問題を通して、家族や友、街、絆を綴ったエッセイ集。

角川文庫ベストセラー

みぞれ　重松　清

思春期の悩みを抱える十代。社会に出てはじめての挫折を味わう二十代。仕事や家族の悩みも複雑になってくる三十代。そして、生きる苦みを味わう四十代——。人生折々の機微を描いた短編小説集。

とんび　重松　清

昭和37年夏、瀬戸内海の小さな町の運送会社に勤めるヤスに息子アキラ誕生。家族に恵まれ幸せの絶頂にいたが、それも長くは続かず……高度経済成長に活気づく時代と町を舞台に描く、父と子の感涙の物語。

みんなのうた　重松　清

夢やぶれて実家に戻ったレイコさんを待っていたのは、いつの間にかカラオケボックスの店長になっていた弟のタカツグで……。家族やふるさとの絆に、しぼんだ心が息を吹き返していく感動長編！

ファミレス　(上)(下)　重松　清

妻が隠し持っていた署名入りの離婚届を発見してしまった中学校教師の宮本陽平。料理を通じた友人である、一博と康文もそれぞれ家庭の事情があって……50歳前後のオヤジ3人を待っていた運命とは？

ナラタージュ　島本理生

お願いだから、私を壊して。ごまかすこともそらすこともできない、鮮烈な痛みに満ちた20歳の恋。もうこの恋から逃れることはできない。早熟の天才作家、若き日の絶唱というべき恋愛文学の最高作。

角川文庫ベストセラー

リトル・バイ・リトル　島本理生

ふみは高校を卒業してから、アルバイトをして過ごす日々。家族は、母、小学校2年生の異父妹の女3人。習字の先生の柳さん、母に紹介されたボーイフレンドの周、2番目の父――。「家族」を描いた青春小説。

生まれる森　島本理生

失恋で傷を負い、夏休みの間だけ一人暮らしを始めたわたし。再会した高校時代の友達や彼女の家族と触れ合いながら、わたしの心は次第に癒やされていく。少女時代の終わりを瑞々しい感性で描く記念碑的作品。

ふちなしのかがみ　辻村深月

冬也に一目惚れした加奈子は、恋の行方を知りたくて禁断の占いに手を出してしまう。鏡の前に蠟燭を並べ、向こうを見ると――子どもの頃、誰もが覗き込んだ異界への扉を、青春ミステリの旗手が鮮やかに描く。

本日は大安なり　辻村深月

企みを胸に秘めた美人双子姉妹、プランナーを困らせるクレーマー新婦、新婦に重大な事実を告げられないまま、結婚式当日を迎えた新郎……。人気結婚式場の一日を舞台に人生の悲喜こもごもをすくい取る。

きのうの影踏み　辻村深月

どうか、女の子の霊が現れますように。おばさんとその子が、会えますように。交通事故で亡くした娘を待ちわびる母の願いは祈りになった――。辻村深月が〝怖くて好きなものを全部入れて書いた〟という本格恐怖譚。

角川文庫ベストセラー

スリーピング・ブッダ　早見和真

敬千宗の大本山・長穏寺に2人の若き僧侶が上山した。対照的な2人は厳しい修行の日々を通じて現実に直面する。宗教に翻弄される2人が辿りついた理想郷とは。生きる意味を問いかける、青春パンク小説！

95《キュウゴー》　早見和真

1995年、渋谷。平凡な高校生だった秋久は、縁のなかった同級生グループに仲間入りさせられ、刺激的な毎日を過ごすようになる。だがリーダー的存在の翔が何者かに襲撃され、秋久は真犯人を捜すため立ち上がる……。

鴨川ホルモー　万城目　学

このごろ都にはやるもの、勧誘、貧乏、一目ぼれ――謎の部活動「ホルモー」に誘われるイカキョー（いかにも京大生）学生たちの恋と成長を描く超級エンタテインメント!!

ホルモー六景　万城目　学

あのベストセラーが恋愛度200%アップして帰ってきた！……千年の都京都を席巻する謎の競技ホルモー、それに関わる少年少女たちの、オモシロせつない恋模様を描いた奇想青春小説！

ロマンス小説の七日間　三浦しをん

海外ロマンス小説の翻訳を生業とするあかりは、現実にはさえない彼氏と半同棲中の27歳。そんな中ヒストリカル・ロマンス小説の翻訳を引き受ける。最初は内容と現実とのギャップにめまいものだったが……。

角川文庫ベストセラー

月魚　三浦しをん

『無窮堂』は古書業界では名の知れた老舗。その三代目に当たる真志喜と「せどり屋」と呼ばれるやくざ者の父を持つ太一は幼い頃から兄弟のように育つ。ある夏の午後に起きた事件が二人の関係を変えてしまう。

白いへび眠る島　三浦しをん

高校生の悟史が夏休みに帰省した拝島は、今も古い因習が残る。十三年ぶりの大祭でにぎわう島である噂が起こる。【あれ】が出たと……悟史は幼なじみの光市と噂の真相を探るが、やがて意外な展開に！

ののはな通信　三浦しをん

ののとはな。横浜の高校に通う2人の少女は、性格が正反対の親友同士。しかし、ののははなに友達以上の気持ちを抱いていた。幼い恋から始まる物語は、やがて大人となった2人の人生へと繋がって……。

高校入試　湊　かなえ

名門公立校の入試日。試験内容がネット掲示板で実況中継されていく。遅れる学校側の対応、保護者からの糾弾、受験生たちの疑心。悪意を撒き散らすのは誰か。人間の本性をえぐり出した湊ミステリの真骨頂！

ブロードキャスト　湊　かなえ

中学時代、駅伝で全国大会を目指していた圭祐は、あと少しのところで出場を逃した。高校入学後、とある理由によって競技人生を断念した圭祐は、放送部に入部。新たな居場所で再び全国を目指すことになる。

角川文庫ベストセラー

角川文庫ベストセラー

ゴールド・フィッシュ　森　絵都

みんな、どうしてそんな簡単に夢を捨てられるのだろう？　中学三年生になったさゆきは、ロックバンドの夢を追いかけていたはずの真ちゃんに会いに行くが……『リズム』の2年後を描いた、初期代表作。

宇宙のみなしご　森　絵都

真夜中の屋根のぼりは、陽子・リン姉弟のとっておきの秘密の遊びだった。不登校の陽子と誰にでも優しいリン。やがて、仲良しグループから外された少女、パソコンオタクの少年が加わり……。

ラン　森　絵都

9年前、13歳の時に家族を事故で亡くした環は、ある日、仲良くなった自転車屋さんからもらったロードバイクに乗ったまま、異世界に紛れ込んでしまう。そこには死んだはずの家族が暮らしていた……。

気分上々　森　絵都

〝自分革命〟を起こすべく親友との縁を切った女子高生、一族に伝わる理不尽な〝掟〟に苦悩する有名女優、無銭飲食の罪を着せられた中2男子……森絵都の魅力をすべて凝縮した、多彩な9つの小説集。

クラスメイツ〈前期〉〈後期〉　森　絵都

部活で自分を変えたい千鶴、ツッコミキャラを目指す蒼太、親友と恋敵になるかもしれないと焦る里緒……中学1年生の1年間を、クラスメイツ24人の視点でリレーのようにつなぐ連作短編集。

角川文庫ベストセラー

リズム／ゴールド・フィッシュ　森　絵都

中学1年生のさゆきは、いとこの真ちゃんが大好きだ。高校へ行かずに金髪頭でロックバンドの活動に打ち込む真ちゃんとずっと一緒にいたいのに、真ちゃんの両親の離婚話を耳にしてしまい……。

四畳半神話大系　森見登美彦

私は冴えない大学3回生。バラ色のキャンパスライフを想像していたのに、現実はほど遠い。できれば1回生に戻ってやり直したい！　4つの並行世界で繰り広げられる、おかしくもほろ苦い青春ストーリー。

夜は短し歩けよ乙女　森見登美彦

黒髪の乙女にひそかに想いを寄せる先輩は、京都のいたるところで彼女の姿を追い求めた。二人を待ち受ける珍事件の数々、そして運命の大転回。山本周五郎賞受賞、本屋大賞2位、恋愛ファンタジーの大傑作！

ペンギン・ハイウェイ　森見登美彦

小学4年生のぼくが住む郊外の町に突然ペンギンたちが現れた。この事件に歯科医院のお姉さんが関わっていることを知ったぼくは、その謎を研究することにした。未知と出会うことの驚きに満ちた長編小説。

新釈　走れメロス　他四篇　森見登美彦

芽野史郎は全力で京都を疾走した――。無二の親友との約束を守「らない」ために！　表題作他、近代文学の傑作四篇が、全く違う魅力で現代京都で生まれ変わる！　滑稽の頂点をきわめた、歴史的短篇集！